「ふッ！」
「おおおおおッ！」
ロムペリアは、その手に宿した
真紅の魔力を刃の形状に伸ばした。
振り下ろされる刃、それを紙一重《かみひとえ》で
躱《かわ》しながら刃を放つ。

クオン
リアル世界最強剣士にして
『マギカテクニカ』内でも敵なしの超絶強者。
今巻では、新たな武器と“特殊称号”を獲得し……!?
緋真 -ひさな-
クオンの弟子にして『マギカテクニカ』
内でも人気の美少女剣士。
今巻では、過去の弟子入り経緯が少しだけ明らかに?

アルトリウス
実力と人気を兼ね備えた、『マギカテクニカ』内のカリスマ。
常に冷静沈着で人当たりもよいが、どこか底知れない部分も。
ルミナ
クオンがテイムした謎めいた妖精の少女。
剣と魔法を使いこなす。
今巻ではついに“ヴァルキリー”に進化する!?

「帰ってきたら――
私を弟子にしてください！」

Magica《マギカ》Technica《テクニカ》
現代最強剣士が征く
VRMMO
戦刀録
4
Allen
ill.ひたきゆう

口絵・本文イラスト　ひたきゆう

CONTENTS

第一章　キャメロット

イベントの開催《かいさい》、一日前。俺《おれ》がログインしてまず確認《かくにん》したのは、フレンドによるメッセージだった。

アルトリウス、或《ある》いはフィノ。どちらも新しいメッセージを送ってきている可能性はあったが――メッセージボックスの中には、そのどちらも存在していなかった。どうやらアルトリウスからの追加の連絡《れんらく》はなく、またフィノの装備もまだ出来上がっていないらしい。

装備に関しては少々残念に思いながらも、特に焦《あせ》ることはなく、俺は従魔結晶《じゅうまけっしょう》からルミナを呼び出した。

「おはようございます、お父様」

「ああ、おはよう。今日の予定は分かっているな？」

「はい。あの、アルトリウスという男性に会いに行くのですね」

「その通りだ。果たしてどんな話になることやら……」

俺は、アルトリウスを評価している。

あれは才ある人物であり――同時に、戦う男だ。と言っても、それは俺のように戦場慣れしているという意味ではない。アルトリウスからは、いかなる理由か目的か、そして手段や形式も分からないが――常に闘争《とうそう》を続けている気配を感じたのだ。現代人としては、とても珍《めずら》しいその目と気配。彼《かれ》が、果たしていかなる戦いに身を置いているのか……俺は、それに興味を持っているのだ。

小さく笑《え》みを浮《う》かべ、俺は『キャメロット』の本拠地《ほんきょち》へと向けて歩き出し――

「――先生！　ちょっと待ってくださいってば！」

「……緋真《ひさな》。お前、向こうでも言ったと思うが、お前が付いてきてどうするんだ？」

「だって気になるじゃないですか。イベントじゃ一緒《いっしょ》に動けないんですから、せめてどんなことをするのかぐらいは聞きたいんですよ！」

慌《あわ》てた様子でログインしてきた緋真に引き留められた。

若干呆《じゃっかんあき》れた視線を向けたものの、緋真の主張も分からないではない。元々、俺も戦場では緋真を隣《となり》に立たせ、普段《ふだん》は見せられぬような術理を披露《ひろう》してやろうと思っていたのだ。それが叶《かな》わなかったことは、残念であると言わざるを得ない。

「……まあ、向こうが許可を出したらいいだろう。だが、許可が下りなかった場合は――」

「分かってますよ、そこまで無理を言うつもりはありません」

「それならいいが……今回の場合、功を競《きそ》い合っていると言っても、直接的に他《ほか》のクランと戦うわけではないようだし、そこまで大きな問題はないか」

もしもこれが、互《たが》いの動きを秘匿《ひとく》し合う必要があるような戦場であったならば、アルトリウスも許可を出すことはないだろう。だが、今回は競い合っているものの、クラン同士が直接ぶつかり合うわけではない。お互いの作戦を知られたところで、そこまで大きな影《えい》響《きょう》はないのだ。

『キャメロット』のクランハウスへと向けて歩き出しながら、俺はアルトリウスのことについて思考を巡《めぐ》らせた。どこか浮世離《うきよばな》れした気配のある、あの男。あの闘争の気配こそが、乖離《かいり》の原因であると思うが――

「……緋真。お前、アルトリウスのことについてはどれぐらい知ってるんだ？」

「アルトリウスさんのことですか？　たまに話をすることはありますけど、身の上話をするわけじゃないですからね……」

腕《うで》を組み、眉根《まゆね》を寄せて、緋真はしばし黙考《もっこう》する。

アルトリウスは極《きわ》めて有名なプレイヤーだ。そうでありながらあまり実情が現れてこないというのは、中々に珍しいことでもある。果たして彼は、いかにしてあのような実力を得るに至ったのか。そして何故《なぜ》、それをこのゲームの中で振《ふ》るおうと思ったのか。そのヒントを探《さぐ》るため、緋真の言葉に耳を傾《かたむ》ける。

「私と同じく、β版からのプレイヤー。クラン『キャメロット』のマスターで、《聖剣騎《せいけんき》士《し》》の二つ名称号《しょうごう》を持つ人物。ここまでは、先生も知っていますよね」

「ああ、簡単な噂話《うわさばなし》程度は聞いているからな」

「それから、そうですね……『キャメロット』には十二人の幹部がいて、部隊長と呼ばれています。それぞれの部隊長が特定分野のプレイヤーをまとめ上げて、個別に指揮を執《と》っているようですね」

「アルトリウスはその部隊長をまとめ上げているということか」

「そうですね。一応、近衛《このえ》部隊と呼ばれるアルトリウスさん直属の部隊もいるみたいですけど」

何やら、思った以上に組織立ったクランだ。形式ばっていれば、それだけ不満を抱《いだ》く人間も多くなると思うのだが、それを上手《うま》く回しているのもアルトリウスの手腕《しゅわん》なのだろう。

「特に初期から、というかアルトリウスさんがプレイを始めた直後からいたのは、部隊長の中でも数名です。確か、ディーンさんとデューラックさん、それからKさんは初期から一緒にいるのを見かけたことがありますね」

「ふむ。現実での知り合いかね」

「友達《ともだち》、っていう感じじゃないですけどね。何だか、素でアルトリウスさんのことを敬っていた感じがありました。あれはロールプレイにしては自然過ぎましたし」

アルトリウスが現実で何をやっているのかは分からないが、ゲーム以外の所でも、何らかの団体を率いているのかもしれない。そしてその団体を率いて、このゲームをプレイしているということだろうか。流石《さすが》に本人にそれを尋《たず》ねるわけにもいかないが……想像の通りであるとすれば、随分《ずいぶん》と変わった身の上の人物だ。

——まあ、俺も人のことは言えないのだが。

「……つくづく、不思議な男だな。実力を伴《ともな》っていることは間違《まちが》いないようだが」

「β版のイベントは、パーティを組んで迷宮攻略《めいきゅうこうりゃく》のタイムアタックをするという内容だったんですが……後でアルトリウスさんの攻略動画を見たんですけど、凄《すさ》まじく的確でしたね。私は強引《ごういん》に力業《ちからわざ》で突破《とっぱ》しましたけど、効率よく攻略してたあの人には勝てませんでした」

「その場で対応方針を決めたのなら、アドリブも利《き》くタイプか。何でもできる奴《やつ》だな」

身のこなしから考えて、何かしらの武術は学んでいる様子だ。個人での戦闘《せんとう》も並み以上にこなせて、その上組織運営能力も高い。天は二物を与《あた》えずと言うが、あまり当てにならない言葉のようだ。

「……余計に謎《なぞ》が深まった気もするが、まあ話を聞いていれば見えてくるものもあるか」

「お父様、あそこが……」

「ああ、アルトリウスの本拠地。『キャメロット』のクランハウスだな」

大通りからは外れているが、規模は非常に大きい屋敷《やしき》だ。敷地《しきち》の広さを優先したのか、建物はあまり新しいものではないようだが、それも生産職のプレイヤーによって改築が進んでいるようだ。というか、大工仕事ができるスキルもあったんだな。生産職というのも中々奥《おく》が深いようだ。

門は開かれており、敷地内《しきちない》には自由に入れるようである。そのまま中へと足を踏《ふ》み入れていけば、庭で作業をしていた男性プレイヤーがこちらに声を掛《か》けてきた。

「ん？　お、おお⁉　《緋《あか》の剣姫《けんき》》ってことは、アンタがクオンって人か！」

「……ああ、その通りだが」

「やっぱりか！　話は聞いてるぜ、案内するよ！」

何やらやたらと気のいい様子の地妖族《ドワーフ》である。

どうやら、彼は庭で作業をしているプレイヤーたちを指揮している人物であるらしく、近場にいた他のプレイヤーに軽く引継《ひきつ》ぎを行った後、こちらへと近づいてきた。

ずんぐりとした体格に浅黒い肌《はだ》というのは地妖族《ドワーフ》の特徴《とくちょう》であるが、彼もその特徴を備えた人物だ。豪快《ごうかい》そうな人柄《ひとがら》ながら、その黒い瞳《ひとみ》には知性的な光が見て取れる。

「俺っちはボーマンってんだ、よろしくな」

「ああ、俺はクオンだ。こっちはルミナで……緋真については知っているか」

「ほほう、それが例の精霊《せいれい》のテイムモンスターって奴かい。こりゃあ別嬪《べっぴん》さんじゃあねぇか」

ボーマンと名乗った男の言葉に、彼の案内に続きながら、俺は僅《わず》かに視線を細める。《光翼《こうよく》》を展開していないルミナは、殆《ほとん》ど人間と変わらない姿をしているのだ。それを一目で人間ではないと判別することは難しい。しかし、《識別》を行った様子もないし……その情報を知っていたという可能性が高いだろう。どうやら、『キャメロット』はある程度、俺に関する情報を掴《つか》んでいるようだ。

「ボーマンさんって……ひょっとして、調達部隊の部隊長の？」

「ははは、よく知ってるじゃないか、剣姫のお嬢《じょう》」

「『キャメロット』の幹部は……まあ、噂《うわさ》程度には。確か、素材収集専門なんでしたっけ？」

「正確に言えば、生産のための原料調達だな。物資の運搬《うんぱん》やら回収、それから農耕。現地調査とかもあるぜ？」

どうやら、仕事としては裏方に携《たずさ》わっている人物であるようだ。しかし、それを悔《く》やんでいるような様子もなく、むしろ堂々と、それが自分たちの誇《ほこ》りであると胸を張っていた。

正しく縁《えん》の下の力持ち、といった所だろう。

「原料調達か。今は忙《いそが》しそうだな」

「全くだ！　まあ、Ｋの奴の生産部隊の方が忙しいだろうけどな！」

「Ｋさんは……『キャメロット』内部での生産活動を取り仕切っている人です。さっきも言いましたけど、初期からいる幹部の人ですね」

「ふむ……調達と生産を別個に指揮しているのか」

上手く回せば効率が良くなるだろうが、逆にここの連携《れんけい》が取れていなければ全体が回らなくなる。だが、今の忙しい状況《じょうきょう》であろうとも、彼らはある程度余裕《よゆう》をもって作業しているように見えた。それぞれの部隊長が、部隊を上手く動かしている証拠《しょうこ》だろう。

建物の中に入れば、ランベルク邸《てい》と同じような質素な内装が続いている。まあ、まだそこまで金を掛けている余裕がないということだろうが。クランハウスを購入《こうにゅう》してからそれほど時間も経《た》っていないだろうし、仕方のないことでもあるだろう。

「よし、ここだ。入るぜ、マスター」

『おや、ボーマンさん。どうぞ、入ってください』

屋敷の中ほどまで到達《とうたつ》し、ボーマンがその内の一室の扉《とびら》を開く。その中にあったのは――

―円形の机と、そこに着いた数人のプレイヤーの姿。最も奥にある椅子《いす》に腰《こし》かけているのは、他でもないアルトリウスだった。

「マスター、お客さんだ」

「ああ、ありがとうございます、ボーマンさん」

「いいってことよ。そんじゃ、俺っちは作業に戻《もど》るぜ。明日まで時間がねぇからな！」

「こちらのことも考慮《こうりょ》して納品してくださいよ、ボーマン。原料があっても、完成品を作る時間が無かったら意味がないですから」

「ふん、分かってるっつーの。じゃあな、クオン殿《どの》」

小人族《ハーフリング》の、皮肉を交えた言葉に対し、ボーマンは一笑《いっしょう》に付しながら退室する。その姿を見送ったのち、俺は改めてアルトリウスの方へと向き直った。

「お待ちしていました、クオンさん。どうぞ、席に着いてください」

「いいのかい？　こいつは、アンタたちの幹部の席なんじゃないのか？」

「ええ、今この場に全員を呼んでいるわけではないですから」

この場の長であるアルトリウスがそう言うのであれば、問題はないのだろう。彼の言葉に首肯《しゅこう》して、俺は彼の正面になるように席に着いた。

「ふむ。緋真さんも一緒だったんですね」

「予想していたようだが？　わざわざこちら側の席を三人分空けていたんだ」

「ははは、否定はできませんね。まあ、聞かれて困る話をするわけでもありませんし、問題ないですよ」

寛容《かんよう》に受け入れるアルトリウスの言葉を聞いて、若干遠慮《じゃっかんえんりょ》気味だった緋真もおずおずと席に着く。

『キャメロット』側のプレイヤーは、アルトリウスを含《ふく》めて六人。このメンバーが、今回のイベントで中核《ちゅうかく》を成すメンバーということか。それぞれ特徴的《とくちょうてき》であるのだが、目を引くのはやはり、アルトリウスの両脇《りょうわき》を固める二人だ。金髪《きんぱつ》を逆立たせた、灰色の瞳の大柄《おおがら》な男。そして、銀髪《ぎんぱつ》を伸《の》ばした湖面のような瞳の優男《やさおとこ》。この二人は、どちらもが実力者だ。恐《おそ》らく、緋真ともある程度互角《ごかく》に争えるだけの腕があるだろう。

「では、改めて……『キャメロット』の円卓《えんたく》会議へ、ようこそ。此度《こたび》の議題は、ワールドクエスト《悪魔《あくま》の侵攻《しんこう》》に対する対策。今回の戦いにおける、大まかな作戦方針を決めることです」

「……ふむ。少々意外な話だな。既《すで》に決まってるものだと思っていたんだが」

アルトリウスならば、部隊の動かし方を既に決めていてもおかしくはないと考えていた。俺としても、こいつらの方針さえ聞けば、それを邪魔《じゃま》せぬように動けばいいと考えていたのだが。そんな俺の言葉に、先程《さきほど》ボーマンと話していた小人族《ハーフリング》が首肯しながら追随《ついずい》する。

「それは私としても疑問でしたよ、アルトリウス。一体、君は何を考えている?」

「簡単な話だよ、K」

どうやら、この眼鏡をかけた小人族《ハーフリング》がKという幹部であるらしい。少々気難しそうな彼の言葉に対し、アルトリウスは鷹揚《おうよう》に笑いながら答えていた。

「今回の戦い。僕《ぼく》は、貴方《あなた》の方針を聞いてから動きを決めるつもりなんですよ、クオンさん」

第二章　アルトリウスの真意

「それは、どういう意味ですかアルトリウス様！　まさか、一人のやり方にこちらが合わせるとでも――」

「スカーレッドさん」

すっと、アルトリウスはその声を上げた人物――赤いラインの入ったローブを纏《まと》う少女へと、制止するように手を掲《かか》げる。その動きに、スカーレッドと呼ばれた少女は、不満げな表情ながらも言葉を留《とど》めていた。激昂《げきこう》した様子だったというのに、よくあれだけで抑《おさ》えられるものだ。

とは言え、不満があることは間違いないだろう。声こそ上げていないが、他の幹部たちも思う所はあるようだ。しかしそんな中で、相変わらずにこやかな表情を崩《くず》さぬアルトリウスは、先程と変わらぬ調子で声を上げていた。

「さて……まずは紹介《しょうかい》をしておきましょう。クオンさん、ここにいるメンバーは、今回のワールドクエストで直接戦闘指揮を行うメンバーの一部です」

「……色々と言いたいことはあるが、まずはそこが必要ですかね。クオン殿、私はK。『キャメロット』においては、生産部隊の部隊長を務めています。同時に、アルトリウスの補佐《ほさ》官《かん》もしていますので、私に話を通せば、アルトリウスにも伝わるでしょう」

「噂《うわさ》には聞いている。よろしく頼《たの》む」

眼鏡をかけた小人族《ハーフリング》の男は、俺の返答に対して堅苦《かたくる》しい表情のまま首肯する。どうにも、彼は中々に堅物《かたぶつ》であるらしい。とは言え、アルトリウスの補佐《ほさ》をしているというのであれば、それだけ有能な人材なのだろう。気難しそうな男ではあるが、道理さえ通せば話は通じやすい印象だ。ある意味では、かなり常識的な人物であるのだろう。

「では、次は私ですね。私はディーン、前衛攻撃《こうげき》部隊、第一隊の部隊長です」

「第一、ということは第二もあるということか」

「ええ。私の部隊は、主に物理攻撃主体のメンバーで構成されています。貴方と近い戦闘形態ですね」

続いたのは、アルトリウスの隣に座《すわ》る金髪で大柄な男だ。豪快な見た目の割には、中々礼儀《れいぎ》正《ただ》しい態度である。佇《たたず》まいは芯《しん》が通っているように真《ま》っ直《す》ぐであり、体幹のぶれも見られない。武術を身に付けていることは間違いないだろう。

「次は私が。先日ぶりですね、クオン殿。私はデューラック……前衛攻撃部隊、第二隊の部隊長です」

「ふむ……アンタの部隊は、第一隊とは別の特色があるのか？」

「ええ、第二隊は所謂《いわゆる》魔法剣士《まほうけんし》……武器と魔法を併用《へいよう》して伸ばしているタイプです。貴方の弟子《でし》であるレディと近いビルドになりますね」

ディーンに続いたのが、アルトリウスを挟《はさ》んだ反対側に座っている銀髪の優男だ。

先日から緋真《ひさな》の戦い方を見ていたので、魔法を併用しながらの戦いというものもイメージは分かる。火力的にはかなりのものになるだろう、殲滅力《せんめつりょく》は期待できるはずだ。

だがそれ以上に、彼は純粋《じゅんすい》な剣の腕という意味でも優《すぐ》れているらしい。場合によっては、緋真にも匹敵《ひってき》するだろう。部隊長という呼び名に恥《は》じぬ、確かな実力の持ち主のようだ。

「……僕は高玉《たかだま》。射撃《しゃげき》部隊の部隊長。よろしく」

「後方の攻撃支援《しえん》か。よろしく頼む」

次に声を上げたのは、口元を覆面《ふくめん》で覆《おお》った獣人族《ハーフビースト》の男だった。

どうやら狼《おおかみ》の獣人であるらしい彼は、その背に大型の弓を背負っている。少々無口で陰《いん》気《き》な印象のある男だが……この場にいるのだ、実力は確かなのだろう。

「私はスカーレッド、魔法攻撃部隊の部隊長です……」

「成《な》る程《ほど》、大規模戦闘の花形だな」

「ふ、ふん。分かってるじゃないですか」

最後の一人は、先程抗議《さきほどこうぎ》の声を上げていた魔人族《ダークス》のスカーレッドだ。

魔法は殲滅能力に優れている。敵の数が多いと思われる今回の戦闘では、その実力は十分に発揮されるだろう。不満げな表情をしていたものの、少し褒《ほ》めただけで照れた様子を見せる辺り、見た目通りの子供なのだろう。

この場にいるメンバーについてはこれで全部のようだ。

「他にも、回復部隊や支援部隊、防御《ぼうぎょ》部隊もいますが……今は準備に忙しいので、それはまた今度にしましょう。さて、それでは本題です」

アルトリウスの言葉に、俺は居住まいを直す。

さて、ここからが本番だ。果たして、アルトリウスは何を考えているのか。その真意を問うために、俺は彼の瞳を見つめ返した。

アルトリウスは――相変わらずの淡《あわ》い笑みを浮かべ、続ける。

「建前ばかりでは納得《なっとく》できないでしょうし、分かりやすく言ってしまいましょう。部隊長の皆《みな》さんは、まずは口を挟まずに聞いてください」

「……了解《りょうかい》です」

「では……クオンさん。僕は、貴方が戦場の主導権を握《にぎ》るのが好ましいと考えています」

「何故だ？　お前さんほどの指揮能力があるならば、それをわざわざ手放す気が知れない」

緋真も保証していたが、アルトリウスの指揮能力は本物だろう。であれば、戦いにおける主導権を――リズムを作る技術は一級品の筈《はず》だ。それをわざわざ俺に渡《わた》してくる理由が知れない。その疑問に、アルトリウスは瞑目《めいもく》し、まるで焦《じ》らすようにしながら口を開いた。

「クオンさん。僕は、二年前のあなたの戦いを知っています」

「――どこで聞いた」

声が凍《こお》る。まるで凍《い》てつき、罅割《ひびわ》れるように、俺の内側から溢《あふ》れ出したものが空間を支配する。緋真は息を飲み、ルミナが体を震《ふる》わせ――『キャメロット』の部隊長たちは、その表情の内に僅かな恐怖《きょうふ》を滲《にじ》ませながら腰を浮かせていた。だが、アルトリウスはそれでも涼《すず》しい顔のまま、笑みを絶やすことなく声を上げる。

「戦時の貴方の話をしてくれたのは二人。うち、一人は貴方のお爺様《じいさま》ですよ。あの方とは、懇意《こんい》にさせていただいています」

「ああ？　あのクソジジイ、まさかお前の所にいるのか？」

「いえ、最近一度だけ顔を出されましたが、それ以降は」

「……そうか、まあいい。それで、もう一人ってのは？」

「貴方が活動していた部隊の方です。彼はこのゲームをプレイしていますから、後々話ができますよ」

「あの部隊か……成る程、俺の戦い方を聞きたいというのはそういうことか」

嘆息《たんそく》し、殺気を霧散《むさん》させる。軽く眉間《みけん》を揉《も》み解《ほぐ》しながら椅子の背もたれに身を沈《しず》め、そして改めて胡乱《うろん》げな視線をアルトリウスへと向けた。

俺は十八歳《さい》の頃《ころ》……高校を卒業した直後から、クソジジイに連れられて海外の戦場を巡っていた。その時に世話になっていたのが、国連軍のとある部隊だったのだ。

あの部隊の人間がいると言うのなら、アルトリウスの考えにも納得ができる。何しろ、俺とジジイが散々戦場を引《ひ》っ掻《か》き回したのだ。おかげで、とりあえず俺たちを突っ込ませたのちに混乱した敵を掃討《そうとう》するという作戦がメインになっていた。

「……しかし、あの話を聞いた上で俺をフリーにさせようとはな」

「貴方の全力をこの目で見ておきたい、という理由もあります。それに――」

一拍《ぱく》置いて、アルトリウスは視線を細める。怜悧《れいり》な美貌《びぼう》の内側に、確かな意志を込めて。

「――貴方の動きを最大限生かせるよう、僕が合わせる。それが、最も効率がいいでしょう？」

「――――はっ」

その視線を真っ直ぐと受け止め、俺は口元に笑みを浮かべた。何故なら、挑戦的《ちょうせんてき》なその視線の内側には、確かな覚悟《かくご》と戦意が燃え上がっていたからだ。

ああ、全く――この男は、予想以上に面白《おもしろ》い！

「くく、くはははははははははははッ！」

「ッ――何が可笑《おか》しい！　アルトリウス様がこれほど譲歩《じょうほ》されているというのに！」

「これが笑わずにいられるか！　くく……俺に合わせる、合わせると言ったか！　国連軍の連中でさえ、それができるようになるまで数ヶ月かかったものを……最初から、ただの一回で！」

「ええ、やってみせましょう」

スカーレッドの怒号《どごう》は無視し、俺はアルトリウスに視線を返す。

ああ、これほど愉快《ゆかい》なのは久しぶりだ。俺のことを知り、ジジイのことを知りながら、この発言。だが、それは大言壮語《たいげんそうご》ではないと、それを成せるだけの自信があると、アルトリウスはその表情で告げていた。ならばいいだろう、久遠神通流《くどうじんつうりゅう》の全力を以《もっ》て、その期待に応《こた》えてやるとしよう。

「――俺は、敵軍に対して正面から突撃《とつげき》し、敵陣《てきじん》を真っ二つに斬《き》り裂《さ》いて大将首を狙《ねら》いに行く」

そう告げた俺の言葉に、アルトリウス以外の全員が絶句していた。久遠神通流の何たるかを知る緋真にとってすら、それは常識外の一言であっただろう。案の定、上がったのは否定の言葉だった。

「馬鹿《ばか》な……あり得ない、できるはずがない！　無双《むそう》ゲーじゃないんですよ、これは！　そんなことをすれば、敵に飲まれてあっという間に終わりだ！　貴方一人でやるならまだしも、我々を巻き込まないでいただきたい！」

「無茶《むちゃ》だと思うのは仕方ない話ではあるが……俺は、アルトリウスにどうするのかと問われて、それに答えただけだぞ？　別に、アンタたちに付いてこいと言っているわけじゃない」

「……アルトリウス。君は、これでもなお彼に合わせると？」

「うん、そのつもりだ。と言うより、そうなるだろうと思っていたよ」

アルトリウスが語ったその言葉に、抗議《こうぎ》の声を上げていたKは今度こそ言葉を失い、椅子に腰を落としていた。まあ、信じられないのは無理もないだろう。というより、今の発言には俺も驚《おどろ》かされた。

「……まさか、あのジジイはそこまで説明していたのか？」

「仕組みまでは聞いていませんが、大群相手に有効な手段というものについては聞いたことがありますよ」

クソジジイめ、あの技術は久遠神通流の中でも秘伝中の秘伝、下位の門下生たちは存在すら知らないものだろうに。

まあいい、知ったからと言って真似《まね》できるようなものではない。というか、今現在ではジジイと俺以外には十全に扱《あつか》える者はいないのだ。アルトリウスも、そうそう言いふらすような人間ではないだろう。今回の戦いで派手に使うつもりであるし、存在を知られる程度ならば別に問題はないのだ。

「ともあれ、俺の行動方針はそんなところだ。お前さんがそう言った以上、遠慮《えんりょ》するつもりはないぞ？」

「……ディーン、デューラック。君たちは、それでいいと言うのか？」

未《いま》だに納得しきれていない様子のKは、その表情のまま残る二人の幹部へと問いかける。先ほど、俺の殺気に当てられて動揺《どうよう》していた彼らではあるが、落ち着きを取り戻した今では、どっしりと構えて頷《うなず》いていた。

「驚きはしましたが、マスターがそうすると決めたのであれば、それを全力で支えることこそが私の仕事です」

「ディーンの言葉と意見は同じですねぇ。それに、あながち不可能ではないと思っていますよ。歴史に伝わる、久遠神通流の使い手であるならね」

デューラックの返答に、俺はピクリと眉《まゆ》を跳《は》ねさせる。どうやらこの男、ジジイ以外からも何らかの方法で久遠神通流の情報を得ているようだ。久遠《くどう》一族の歴史が古いことは事実であるし、歴史書に名前が残っていてもおかしくはないとは思うが――さて、一体いつの話をしているのやら。

「……全く、この脳筋共め。アルトリウス、君も前線に出るつもりでしょう」

「その通り。流石に、クオンさんが掻き回した戦場では、後ろからの指示では間に合わないだろうからね」

「はぁ……了解です。私が後方支援の指揮を担当しますよ」

このKという男、口煩《うるさ》くはあるが、常識人故《ゆえ》の苦労人にも見える。俺としても無茶なことを言っている自覚はあるし、彼には苦労を掛けてしまうだろうが――まあ、そこは『キャメロット』内部の話だ。頑張《がんば》って貰《もら》いたい所である。

「方針はこんな所だ。何か質問はあるかい？」

「いいえ、特には。明日が楽しみですよ」

「それは俺もだな。見事に合わせてくれること、期待してるぞ」

告げて、俺は席を立つ。そして、アルトリウスと一度笑《え》みを交《か》わし、円卓の間から踵《きびす》を返した。果たして、アルトリウスたちはどのような戦いを見せてくれるのか。慌ててついてくる緋真たちを待ちながら、俺はこの会議室の扉を開き――
――突如《とつじょ》として感じた殺気に、俺は即座《そくざ》に小太刀《こだち》を引き抜《ぬ》いた。

第三章　戦友

殺気を感じ取った瞬間《しゅんかん》、俺の体は即座に戦闘態勢へと移行する。

こちらへと届いた鋭《するど》い気配に、俺は即座に反応して小太刀による居合を放った。方向は横合い、こちらの頭へと突《つ》きつけられようとしていたそれに、俺は下から掬《すく》い上げるような一閃《いっせん》を叩《たた》き付ける。その一撃《いちげき》は、短めの銃身を下から叩き、天井《てんじょう》へと撥《は》ね上げていた。

（銃《じゅう》だと――⁉）

この世界《ゲーム》にそのような武器があるなど、聞いてはいなかった。だが、その動揺が体に現れることはなく、俺の体は即座に最適な行動へと向けて動き出す。即《すなわ》ち、銃を持った相手に対する肉薄《にくはく》だった。

「し……ッ！」

「ぬ――――！」

斬法――柔《じゅう》の型、流水・無刀。

迎撃《げいげき》のために跳ね上がってきた膝《ひざ》を横へと受け流し、相手のバランスを崩させながら脇《わき》腹《ばら》へと小太刀の切っ先を振るう。だが、相手はそのまま冗談《じょうだん》のように体を回転させながら回避《かいひ》すると、下から掬い上げるような蹴《け》りを放ってきた。

舌打ちと共に、その一撃を左手で受け流し――その瞬間、するりと伸びてきた手が俺の左腕《ひだりうで》を掴もうと迫《せま》る。捕《つか》まれば腕をへし折られるだろう。俺は咄嗟《とっさ》に身を引きながら小太刀を手放し、太刀に手を掛けて――その男へと、半眼を向けた。

「アルトリウスの言っていた、部隊の人間とやらが誰《だれ》なのかと思っていたが……まさかアンタだったとはな、『軍曹《ぐんそう》』」

「ははははっ！　腕を上げたようじゃねーか、『シェラート』！」

「だからそのあだ名《ニックネーム》は止《や》めろって言っただろ」

体勢を立て直し、改めてこちらへと向き直ったのは、グレーヘアの大男だ。

丸太のように太い腕や足、引き締《し》まった筋肉質な肉体。それは正しく、鍛《きた》え上げられた軍人の佇まい。年齢的《ねんれいてき》には既に六十を超《こ》えていた筈なのだが、この姿を見るにまだまだ元気な様子だった。

今の挨拶《あいさつ》代わりの組手も終わりのつもりなのか、軍曹は既に戦意を見せていない。どうやら、今回の抜き打ち試験はこれで終了《しゅうりょう》とでも言うつもりらしい。俺は嘆息交じりに構えを解き、床《ゆか》に落とした小太刀を拾い上げた。

「お父様、敵ですか⁉」

「……お知り合いですか、この人？」

とは言え、いきなり攻撃を受けたこともあり、緋真《ひさな》たちの警戒《けいかい》は未だに抜けていない様子であったが。刀に手を掛けた少女たちから剣呑《けんのん》な視線を向けられ、軍曹は参ったとでも言うように笑いながら、武器を仕舞《しま》ってホールドアップしてみせる。

この肝《きも》の据《す》わった男のことだ、この程度では動揺するはずもないか。

「おっと、済まんなリトルガールズ！　俺はこの通り、我らがサムライボーイの知り合いさ」

「誰がボーイだ、誰が。んで、何でアンタが――国連軍の第二十三前線小隊の隊長殿が、日本のゲームで遊んでるんだ？　前線に居座《いすわ》るために昇進蹴《しょうしんけ》りまくってたくせに」

「そりゃまあ、引退したからな！　どこで余生を過ごそうが、俺の勝手だろう？」

その言葉に、俺は僅かに目を見開き――その後、嘆息を零《こぼ》した。

フォーカスして見れば、キャラクターネームはSergeant、要するに軍曹である。どうやら、引退したくせに昔の気分が抜けていないらしい。

彼は、国連軍のとある部隊における小隊長……かつて、俺とジジイが行動を共にしていた部隊を率いていた男だ。指揮能力、判断能力、戦闘能力――どれを取っても一級品であったのだが、どうにも上との折り合いの悪いタイプの人間だった。挙げている戦功も実績も十分すぎるモノであったというのに、上官に喧嘩《けんか》を売るわ昇進試験をすっぽかすわで階級を上げることもなく、ひたすら軍曹の階級で前線に居座り続けていたのだ。

経歴だけを見れば非常に面倒《めんどう》なタイプの問題児であるのだが、その実力は紛《まぎ》れもなく本物であり、また部下たちからも高い信頼《しんらい》を置かれていた。俺《おれ》自身、彼の部隊と行動を共にしていたおかげで、効率的に作戦を遂行《すいこう》できていたという実感がある。たった四年であの戦いを終えられたのも、彼の存在があってこそだろう。

そんな人物であるのだが――

「……引退したのは、あの時の傷が原因か？」

「まあなぁ。杖突《つえつ》かなきゃ歩けなくなっちまったし、流石にあれ以上は前線にいられなかったからな」

「だったら素直《すなお》に昇進を受けとけば良かっただろうに、何で軍を辞《や》めてるんだよ」

「はっはっは！　俺のことを目の敵にしてる連中の下で働けってか？　そりゃねーぜシェラート！」

「だからそのあだ名は止めろ」

一応は真面目《まじめ》な話のつもりだったのだが、このおっさんにとってはただの笑い話であるらしい。彼《かれ》の態度に対し、俺は思わず半眼を向けながら嘆息を零した。

最後の戦いとなった、二年前の作戦。その作戦で、軍曹は俺とジジイを突入《とつにゅう》させるために重傷を負った。俺たちが帰国する時になっても面会はできぬままで、結局メッセージを残して帰ることになったのだが――まさか、このような形で再会することになるとは。

「……まあ、なんだ。再会できて嬉《うれ》しいよ、軍曹」

「おう、俺もだ。ま、立ち話もなんだ、どっかで飯でも食いながら話をするとしようぜ」

満腹度も若干《じゃっかん》減っているし、たまには携帯《けいたい》食料ばかりではなく、普通《ふつう》の料理も食べてみたい。俺としても、軍曹の提案に否はなかった。

「お前たちはどうする？　何かやりたいことがあるなら行ってもいいが」

「えっと……先生の昔のお知り合いなんですよね？　でしたら、ちょっと話を聞いてみたいです」

「でしたら、私も。お父様のお話でしたら、是非《ぜひ》聞かせてください」

「おう、いいぜいいぜ！　こいつの話だったら何だってしてやろう！」

「……おかしなことを話すなよ、軍曹」

まあ、恐らく言っても無駄《むだ》だろうが。嘆息しつつ、俺は高笑いする軍曹の後に続いたのだった。

＊＊＊＊＊

「よーし、乾杯《かんぱい》だ！　昔の礼だ、今日は奢《おご》っておいてやるぜ」

「そーかい。だったらまぁ、遠慮なく」

このおっさんのことだ、以前の借りをこれでチャラにするつもりなのだろう。まあ、俺も昔のことをいつまでも引きずっておくのはいい気分とは言い難《がた》い。これで手打ちとするならば、それはそれでいいだろう。

「しかし、随分と奥まった場所にある店だな」

「けど、その割には結構繁盛《はんじょう》してますよね。穴場の美味《おい》しい店、って感じです」

「おうおう、そうだろう？　苦労して見つけた甲斐《かい》があったってモンだ」

「食べ歩きでもしてたのかよ、アンタは」

昔はそんな食道楽ではなかったと思ったのだが、軍を辞めて暇《ひま》になった結果の趣味《しゅみ》か何かだろうか。或《ある》いは――あの時の後遺症《こういしょう》で、食事制限でもかかってしまったか。

何にせよ、このゲームの中でなら、何を飲み食いしようが現実に影響《えいきょう》はない。ある意味では、ちょうどいい趣味であると言えるだろう。

「しかし、ゲーム内での酒は初めて飲むな……」

「リアル程《ほど》じゃねぇが、そこそこ行けるぜ？　ぶっ倒《たお》れるなよ、シェラート？」

「そこまでは行かないっての」

「ホントかぁ？　おいリトルガールズ、こいつなぁ、初めて酒を飲んだ時はぶっ倒れたんだぜ？　はははは ッ！　クールなサムライボーイが、顔を真っ赤にして椅子ごとバターンとな！」

「ぶっ飛ばすぞザル野郎《やろう》！　酒を飲んだこともない人間にいきなりテキーラを寄越《よこ》しやがったのはどこのどいつだ！」

宴会《えんかい》の雰囲気《ふんいき》に飲まれていたとはいえ、無警戒《むけいかい》に酒を呷《あお》ってしまったのは失敗だった。まさか、あの時のネタで隊員たちに何年も弄《いじ》られることになろうとは……ぶん殴《なぐ》って記憶《きおく》を飛ばしてやろうと考え、実際何度か実行したものの、結局記憶の消去には成功していない。

嘆息しつつ、俺は注文していた酒を呷る。どうやら、現実の家庭でも作れるような果実酒であるらしい。ホワイトリカーがあれば簡単に作れるようなものではあるが、この世界の中でもその程度の技術はあるようだ。

「……で、軍曹。軍を引退したってのは、まあ分からなくはないが……それが何で日本に来て、しかもゲームをやってるんだ？　しかも、あの頃の話をアルトリウスに明かしやがって」

「こっちに来た理由は単純だぜ？　俺の娘夫婦《むすめふうふ》がこっちで暮らしてるからだ。お前さんの話も聞いていたし、引退後はジャパンで余生を過ごそうと思ってたのさ」

「あー、確かに娘がいるって話は聞いてたか」

このマッシブなおっさんから娘を貰っていくとは、中々度胸のある旦那《だんな》である。

しかしまぁ、悪い感情を抱《いだ》いている様子もないことだし、夫婦《ふうふ》仲《なか》は良好なのだろう。

「ははは、実は孫もいるんだなぁ、これが！　可愛《かわい》いぜ、うちの孫娘は！」

「孫がいるような年になってまで前線ではしゃいでたのかよ、アンタは」

「おいおい、はしゃぎっぷりに関してはお前に言われたくねーぞ、シェラートよ。つーか、俺の可愛い孫娘の作った服を着てるくせによぉ……羨《うらや》ましいんだよお前、おーん？」

「……はぁ⁉　いや、アンタの孫って……伊織《いおり》がアンタの孫だと⁉」

流石《さすが》に予想もしていなかった繋《つな》がりに、俺は眼を剥《む》いて聞き返した。だが、軍曹の表情はいたって本気、どうやら嘘《うそ》ではないらしい。緋真もこれには驚いたのか、目を丸くして軍曹のことを見つめていた。

「おう、その通りだ。俺がゲームを始めたのも、孫の影響がそこそこでかいな。まああの子は、お前やサムライマスターの話をしていたらすっかりサムライ好きになっちまって、ずっと和服を作ってるもんで……結局一緒《いっしょ》にはプレイしてねぇけどな」

「……あの日本かぶれはアンタの影響かよ」

俺には似合わねぇんだよなー、などと呟《つぶや》いている軍曹へと半眼を向ける。予想だにしなかった繋がりではあるが、そう言われれば納得できなくもない。しかしまぁ……人生、どこでどう繋がっているか分からないものだ。

「えっと……その、聞いていいですか？」

「おお、シェラートの弟子、つまりは久遠神通流師範《クドウ・マスター》の弟子か。いいぜ、何でも聞いてくれ！」

「……まさかあのクソジジイ、それの意味まで教えてたんじゃねぇだろうな」

引きつった表情で見つめれば、軍曹はにやりと笑ってサムズアップを返してくる。よし分かった、あのクソジジイは次に会った時に必ず殺す。よりにもよってそのしきたりを軍曹に漏《も》らすとは……！

緋真自身、その立ち位置の意味をよく分かっているのか、顔を紅潮させて俯《うつむ》きながらも言葉を続けていた。

「えっと……さっきから先生のことをシェラートって呼んでますけど、どういう意味なんですか？」

「ああ、そりゃうちの部隊で使ってたコールサインさ。サムライマスター……こいつの爺《じい》さんが決めたんだがな」

「普通のコールサインにすりゃいいところをあのクソジジイ、面白がって自分のことを修《しゅ》羅《ら》1とか付けやがってな。当然、俺がそれに続く修羅2になったわけだが――」

「当時の俺たちにゃ、日本語《ジャパニーズ》の発音は難しくてなぁ！　シュラートゥ、シェラートゥとか言ってるうちに、シェラートになったってわけだ」

「な、成る程……あれ、それだと先代様は？」

「……あのクソジジイは、結局サムライマスターで通しやがったよ。俺の方はすっかり妙《みょう》なあだ名が定着していたがな」

他にもリトルサムライだのサムライボーイだのブレードニンジャだの……外国人は何でああも侍《さむらい》とか忍者《にんじゃ》が好きなのか。というか、忍者要素は無かったと思うんだが、どこから出てきたのか。

とにかく、あそこは軍にしてはやたらとノリのいい連中ばかりが集まっていたのである。

事あるごとに『ジェラートを奢ってやろうか』とからかってくる連中に関しては一通り張り倒しておいたが。当時のことを思い返し、深々と嘆息した俺に、緋真は何やらきょとんとした視線を向けた。

「……何だよ、緋真」

「あ、いえ……その、先生がそんな風に、遠慮のない感じで話をしているのが何だか新鮮《しんせん》で……」

「そうかぁ？」

「そうですよ。お二人は……友達《ともだち》、なんですね」

杯《さかずき》を傾《かたむ》けつつ、俺は緋真の言葉を反芻《はんすう》する。

友達、友達か。確かに、その言葉は決して遠いものではないだろう。だが、ただ友達であると表現するのは、何か異なる気がする。俺と軍曹の関係は、恐らく――

「……戦友、って所かね」

「あぁ、それがしっくり来るんじゃねーかな」

横目に視線を合わせて――互《たが》いに苦笑《くしょう》交じりに口元を歪《ゆが》ませる。

あの地獄《じごく》のような戦場を駆《か》け抜けた仲間たち。決して一言で語り尽《つ》くせる関係ではないが――きっと、それが最も正しいのだろう。

第四章　悔恨

軍曹との食事は、予想通り俺や軍曹の昔話で盛り上がることになった。

まあ、言ってしまえば暴露《ばくろ》大会だ。軍曹が俺をからかうために下らない過去話を持ち出し、俺がそれに対抗《たいこう》して部隊の連中の馬鹿話《ばかばなし》を語る。四年程度の付き合いだったというのに話題は尽きず、気付けば料理が無くなるまですっかり話し込んでしまっていた。

「何て言うか……ちょっと意外ですね。先生が、先代様以外にそこまでムキになるなんて」

「確かに、シェラートの人付き合いはちと特殊《とくしゅ》だよなぁ」

「……そうか？　自覚はないが」

軍曹がしみじみと頷きながら零した言葉に、俺は眉根《まゆね》を寄せて問い返す。

正直な所、そう言われても実感はない。面倒ごとを避《さ》けるために態度を変えることこそあるとはいえ、俺は基本的に他人に対するスタンスは変わらないいつもりだ。隣《となり》で聞いているルミナもあまりよく分かっていないのか、ジュースの入ったコップを両手で持ち上げたまま首を傾《かし》げていた。そんな俺たちに対し、軍曹はにやりと笑いながら声を上げる。

「お前さんは、戦える人間相手にだけ距離《きょり》が近くなるタイプだろ」

「あん？　どういう意味だよ、そりゃ」

「そのままだっつーの。シェラート、お前、戦えない人間は自分より下だと――いや、この言い方はちと聞こえが悪いな。要するに、庇護《ひご》の対象だと思ってるだろ」

「……まあ、確かにそうかもしれんな」

言い方は悪いが、俺が戦えない人間を低く見ているというのは否定できないだろう。だが、それは彼らを蔑《ないがし》ろにしているわけではない。ただ単に、戦えないならば後ろに下がっていればいい、という考えを抱いているだけだ。戦うのは、戦える人間の仕事だ。戦えない人間が前に出てきても、それは両者にとって何の得にもならない。

そんな俺の考えを読み取ったかのように、軍曹は視線を細めて俺のことを見つめていた。

「だから、お前さんは戦える人間を……戦場を生き抜いた相手を尊重する。そこまで来てようやく、対等な人間だと認めてるってわけだ」

「……先生って、ホント価値観が現代向けじゃないですよね」

「ほっとけ馬鹿弟子《ばかでし》」

色々と言いたいことはあったが、これに関してはは反論してもそれを話の種に軍曹にからかわれるだけだ。文句は酒と一緒に飲み干して、深々と嘆息を零す。それに、今の評価は紛れもない事実だろう。特に自覚はしていなかったが――成程確かに、他人を見る目としては歪んでいると言わざるを得まい。思わず自嘲的《じちようてき》に口元を歪め――ふと、気付く。俺を見つめる軍曹の瞳《ひとみ》の奥《おく》に、どこか悔恨にも似た感情が込められていたことを。

（悔恨、か――）

その感情には、心当たりがある。恐《おそ》らく、俺と軍曹が抱いているのは同じ記憶だろう。軍曹や緋真《ひさな》の言う、俺の他者への価値観――いつからそうだったかなど覚えていないが、もしもそれが後から生まれたものであるとすれば、それは間違《まちが》いなくあの時が起点となっているだろう。彼の部隊と行動を共にし始めてから、数度目の戦場。ある意味では、俺にとっての始まりとも言える戦い。

――初めて同部隊から戦死者を出した、あの日のことを思い返す。

（アンタと二人きりで飲んでいたんなら、その話でも良かったんだがな）

だがこれは、緋真やルミナに聞かせるような話ではない。胸裏《きようり》に秘《ひ》めておくべき、過去の出来事だ。俺は苦笑と共にコップを置き、言葉を返した。

「まあ、部隊の連中とは修羅場《しゆらば》を潜《くぐ》り抜けた仲だったからな。軍曹と同じく、戦友と呼べる連中だよ」

「くくく、丸くなったなぁ、あのサムライソードよりキレてたブレードボーイがよ」

「アンタはその余計な茶々を入れる癖《くせ》を直さんと、その内孫娘に嫌《きら》われるぞ」

「はっはっは！　残念だったな、シェラート！　お前を話のタネにするだけでグランパは可愛い孫娘に大人気って寸法だ！」

「……アンタ、俺がその当人だってバラすなよ、絶対」

何気に押《お》しの強い伊織《いおり》のことだ、それを聞いたら絶対に押しかけてくるに違《ちが》いない。

彼女《かのじょ》は、侍というものに対して夢や希望を抱いている様子だった。だが、俺や軍曹が経験したのは、それとは程遠《ほどとお》い地獄のような戦場だ。あんなものは、女子供に聞かせるような話ではない。その辺りは軍曹も同じ意見なのか、苦笑交じりに小さな樽《たる》のような形状のジョッキを掲《かか》げながら首肯《しゅこう》していた。

と――その時、耳に聞き覚えのある電子音が響《ひび》く。

「ん……あ、先生、フィノからですよ」

「ほう、伊織の装備も完成したわけか」

「ほほう？　伊織に装備を頼《たの》んでたわけか、そりゃ待たせちゃ拙《まず》い！　行ってやれ！」

にやりと笑いながら、軍曹はそう口にする。どうやら、伊織の趣味に配慮《はいりょ》しているようだ。彼女は時代劇好きの和装好き、俺たちを自作の衣装で着飾《きかざ》ることを楽しみにしているだろう。元々軍曹は仲間に対する配慮のできる人間だが、孫に対しては更《さら》に随分《ずいぶん》と甘《あま》くなっているらしい。

まあ、食事も終わっていたし、今は暇潰《ひまつぶ》しに駄弁《だべ》っていただけだ。近況《きんきょう》についても交わしたことだし、そろそろお開きにするのもいいタイミングだろう。

「分かった、俺たちはそろそろ失礼させて貰おう。また今度、酒でも飲もうか」

「おう、いつでも大歓迎《だいかんげい》だぜ」

軍曹の笑《え》みにこちらも頷き返し、彼の差し出してきた手を握って——俺は、僅《わず》かに目を見開いた。そのまま軍曹の瞳へと真意を問えば、彼は僅かながらに首を縦に振《ふ》る。

「……お前たち、先に出てくれ。少し話をする」

「え？　はぁ、いいですけど……」

「じゃあ、先に出て待っていますね、お父様」

俺の言葉を了承《りょうしょう》した二人は、若干首を傾げながらも店の外へと足を運ぶ。その気配を追いつつ、俺は握手《あくしゅ》から外した手を握り締め、軍曹へと真意を問いかけた。

「……それで、何の用だ、軍曹」

「用事はそいつだけだがな。まあ、一つ問いたいこともあったし、ちょうどいいさ」

「質問か、何を聞きたいんだ？」

そう問い返すと、軍曹は溜息《ためいき》を吐《は》き出しながら瞑目していた。

何か、聞きづらいことなのだろうか。そう考えて警戒しつつ言葉を待てば、彼はゆっくりとその口を開いていた。

「ソウ。お前が、悪魔《あくま》と戦っている時の動画を見た」

「ああ、あれか。動画を公開したいって言われたんで、許可したが……それがどうかしたか？」

「お前……あの頃と、変わっていないんだな」

軍曹のその言葉に、俺は思わず苦笑する。ああ、確かに、彼ならばそんな感想を抱くだろう。あのゲリュオンを倒した時の俺は――まさに、あの戦争の時の心境と重なっていたのだから。

「お前はまだ後悔《こうかい》してるのか、ソウ。あの時のことを――」

「……後悔と言われると、それは違うとしか言えんよ、軍曹。俺はあの時のことを後悔はしていない」

「……そうなのか？」

「これを語ったことはなかったか。あの作戦では、確かに犠牲者《ぎせいしゃ》が出た。少なくない被害《ひがい》も出た。だけどな、軍曹……あの時の判断は間違いではなかったし、あの時の行動は間違いなく最善だった」

あの部隊で、初めて戦死者を出した戦い。

事前準備をして、状況《じょうきょう》を確認《かくにん》し――しかし、俺たちは窮地《きゅうち》に陥《おちい》った。まさか、作戦が開始されてから偽装《ぎそう》した援軍《えんぐん》が現れるなど、想像もつかなかったのだ。だが、俺たちはあの窮地を切り抜け、その上敵の指揮官を仕留めることにも成功したのだ。

そして――その代償《だいしょう》として、俺たちは二人の仲間を失うこととなった。

「奴《やつ》を仕留めなければ俺たちは脱出《だっしゅつ》できなかったし、その後の判断が間違いだったとも思わない。俺たちはあの状況下における最善を尽くして、それで得た結果がアレだったというだけだ。あの場にいたのが今の俺だったら、と思うこともあるが……それは意味のない仮定だよ」

「だが、お前がああなったのはあの時からだろう？」

「……そうだな、それは否定しない」

俺は後悔しているわけではない。軍曹が抱いている悔恨と、俺が抱いている感情は別のものだ。

俺は、ただ――

「――怒《いか》り狂《くる》っていたんだよ、あの時」

「……お前が、か？　俺にゃ、いつも通りの冷静さに見えたがな」

「自己制御《せいぎょ》は久遠神通流《くどうじんつうりゅう》にとって必須《ひっす》だ。怒り狂っていようが、刃筋《はすじ》を乱すことはない。だが――あの時俺は、生まれて初めてという程の強い怒りを抱いていた」

許せなかった、認められなかった。友が凶弾《きょうだん》に倒れたことが、倒れた者たちへ、奴らが罵声《ばせい》を浴びせかけたことが。

嗚呼《ああ》――今思い返しても、はらわたの奥底《おくそこ》が煮《に》えくり返る。

「あの塵《ちり》のような連中の意味の分からん主張も、嬉々《きき》として襲《おそ》い掛《か》かってくるあの表情も――あのクソ共の存在そのものが、ただひたすらに癇《かん》に障《さわ》った。あのテロリスト共の存在そのものが認められなかった。あのクズ共が……息をして、笑っていることが――俺には、耐《た》えがたい冒涜《ぼうとく》に思えた」

「……ソウ、お前は」

「だから、全《すべ》ての怒りを刃に乗せた。奴らを殺すこと、ただそれだけに己《おのれ》を最適化させた。奴らを殺し尽くすまで、決して止まらないことを誓《ちか》ったんだ」

軍曹が、俺が変わったと主張しているのは、それが原因だろう。否定はできまい。俺はその時、初めて『殺すために』剣《けん》を振るったのだから。

「……あの怒りは、まだ俺の中で燻《くすぶ》っている。こいつはきっと、死ぬまで消えることはないだろう」

「悪魔を相手にした時のお前の様子は……それが原因、ってわけか」

「奴は戦う人間を冒涜した。それがどうも、あのクソ共を彷彿《ほうふつ》とさせたんだろう。悪魔って種族は、どうにもそういう性質があるらしい」

告げて、俺は笑みを浮《う》かべる。

戦場から離《はな》れ、平穏《へいおん》な暮らしに戻《もど》り——けれど、どこか違和感《いわかん》を拭《ぬぐ》えない自分がいた。俺の根幹である、ジジイに対する挑戦《ちょうせん》こそ続けられていたが、何かが足りないと感じていたことも事実だ。そして、その答えが今、この世界《ゲーム》にある。

「悪魔を殺し尽くす。奴らが命を冒涜するならば、悉《ことごと》く斬《き》って捨てる。怒りを晴らすためでも、満たすためでもなく——俺が、俺自身をそう定義したからだ」

あの戦争の続きだ。久遠神通流の理《ことわり》、その神髄《しんずい》を以《もっ》て奴らを叩き潰す。それこそが——俺が新たに見つけた、俺自身の目標なのだ。そんな俺の結論を聞き、軍曹は深く溜《た》め息《いき》を零していた。

「……そうかい。これも計算の内だって言うなら、恐ろしいこった」

「軍曹？　何を言ってる？」

「何でもねーよ。とにかく、お前の考えは分かった。健全とは言えねぇが……ははっ、お前なら大丈夫《だいじょうぶ》だろうさ」

「また根拠《こんきょ》のない自信だな、軍曹」

「なぁに、根拠ならあるさ――」

軍曹は右手の親指を立て、とんとんと己の胸を叩く。四年間、何度も目にしてきた彼の癖を目にして、俺は苦笑と共にその先の言葉を口にしていた。

『――俺の勘《かん》だ』

台詞《せりふ》を重ねて、俺たちはにやりと笑い合う。たとえ怒りに身を焦《こ》がそうと、こんな下らないやり取りを大切に思う心まで失うことはない。

――俺たちは、あの四年間を駆け抜けた戦友なのだから。

「アンタの勘はよく当たる。俺もしばらくは大丈夫そうだな……じゃあな、軍曹」

「おう、活躍《かつやく》を期待してるぜ、シェラート」

「当然だ、期待して見ていればいい」

後ろ手にひらひらと手を振って、俺は飲み屋を後にする。そして、緋真たちが待つ通りへと出る前に――あの握手の時に手渡《てわた》された、小さな紙切れに目を通した。

「…………」

書かれていたのは、部隊所属時代に使っていた暗号文。一見何の変哲《へんてつ》もない言葉の羅列《られつ》にしか見えないその中から、俺は込められた単語を読み取った。

「……あ、先生！　もう、遅《おそ》いから呼びに戻ろうかと思いましたよ」

「済まんな、ちと話し込んじまった。『エレノア商会』に向かうとしよう……ああ、緋真。済まんが、火を出してくれ」

「え？　えっと……【ファイアトーチ】」

俺の要請《ようせい》に、緋真は首を傾げながらも拳大《こぶしだい》の火の玉を発生させる。俺はその火に対し、手に持った紙切れを近づけた。瞬《また》く間《ま》に燃え上がった紙切れは、すぐさま燃《も》え滓《かす》となって黒い残骸《ざんがい》のみを地面に残す。それを見下ろして、緋真は再び首を傾げていた。

「何ですか、それ？」

「ただのゴミだ。ほれ、さっさと行くぞ」

笑みと共にそう告げて、緋真の背中を叩き、俺は先に待つルミナの方へと歩いていく。

――その胸中で、読み取った単語を反芻しながら。

（World、Secret……それに、Miniature……Garden、か。世界、秘密……箱庭。一体何を伝えようとした、軍曹……？）

このような形で寄越した言葉である以上、面と向かって問うことはできない。一体、彼は何を掴《つか》み、何を伝えようとしたのか――俺は、どうするべきなのか。

先の見えぬ答えに、俺は胸の内で思考を巡《めぐ》らせ続けていた。

第五章　準備完了

「いらっしゃーい、待ってたよー」

「お待ちしておりましたわ！　さあさあ、こちらへ！」

『エレノア商会』に辿《たど》り着き、いつものフィノの作業場へと案内されれば、そこには目を爛々《らんらん》と輝《かがや》かせたフィノと伊織《いおり》の姿があった。どうやら二人とも、突貫《とっかん》で作業を終わらせてきた様子である。疲労困憊《ひろうこんぱい》、といった状態ではあるものの、その目は爛々と輝いていた。

「随分無理をさせてしまったようだが」

「いいからいいから、はい見て見て」

若干ふらふらとしている様子のフィノに背中を押され、俺たちは部屋の奥にある台の前まで案内される。そこに置いてあるのは、刀や羽織、そして篭手《こて》や足甲《そくこう》――それに加えて、ルミナの装備一式だった。どうやら、こちらの注文をきっちりと仕上げてくれたらしい。

「……お前さんの腕《うで》を見込んでいたとはいえ、驚《おどろ》いたな。流石に難しかったんじゃないのか？」

「ん、ちょっと驚かされたけど、蟻酸《ぎさん》鉱の加工自体は慣れれば何とかなった。女王蟻《あり》の方はちょっと大変だったけど」

「わたくしの方は、フィノの加工した女王蟻の甲殻《こうかく》を縫《ぬ》い付けただけだったのに、かなり苦労しましたからね。大変な素材でしたわ」

やはりあの女王蟻は、今の段階で倒すような敵ではなかったらしい。とはいえ、倒してしまったものは仕方ない。こうして上手《うま》いこと加工できただけ上々といった所だろう。

何にせよ、完成品がこうして目の前にあることに変わりはない。思わず口元を笑みに歪めつつ、俺は装備を一つ一つ検分した。

■《武器：刀》蟻酸鋼の太刀
攻撃力《こうげきりょく》：29（＋3）
重量：16
耐久度《たいきゅう》：120％
付与《ふよ》効果：攻撃力上昇《じょうしょう》（小）　耐久力上昇（小）　腐食《ふしょく》
製作者：フィノ

■《武器：刀》蟻酸鋼の打刀
攻撃力：25（＋３）
重量：13
耐久度：１２０％
付与効果：攻撃力上昇（小）　耐久力上昇（小）　腐食
製作者：フィノ

■《武器：刀》蟻酸鋼の小太刀《こだち》
攻撃力：21（＋３）
重量：10
耐久度：１２０％
付与効果：攻撃力上昇（小）　耐久力上昇（小）　腐食
製作者：フィノ

まずは武器であるが、どうやら白鋼に比べると少々攻撃力は落ちるらしい。しかしながら、材料の頃《ころ》からあったように、腐食という付与効果が増えている。どうやら、これが蟻酸シリーズの効果であるようだが――

「フィノ、結局の所、腐食ってのはどういう効果だったんだ？」

「簡単に言うと、接触《せっしょく》した武器や防具の耐久度の減少。つまり、この武器で打ち合った相手の武器や防具は普通よりも早く破損する」

「……武器・防具破壊《はかい》の劣化《れっか》版、って感じだね。まあ、一合で相手の装備を壊《こわ》すようなものは出ないでしょうから、これが限度なのかもしれないけど」

思い起こされるのは、女王蟻と戦った時に苦しめられた、あの酸の体液だ。多少予想はしていたが、やはり蟻酸鉱には、あの体液と同じような効果があったらしい。

とは言え、フィノの口ぶりからするに、即効性《そっこうせい》のある効果というわけではないだろう。長期戦になった場合に効果を発揮するかどうか――或いは、相手にこの効果を伝えた上で、相手に打ち合いを避けさせるという使い方もできるか。

何にせよ、白鋼の武器とは異なる使い方が可能な代物《しろもの》であると言えるだろう。

「ふーん……まあでも、純粋《じゅんすい》性能でも鋼より上だし、いいんじゃないですかね、先生」

「だな。まあ、最初は白鋼の方を使うとするか」

一応、左腰《ひだりこし》に二振り携《たずさ》えることも難しくはない。白鋼の耐久が危険になったら切り替《か》えればいいだろう。

ただし、ルミナについてはあまり重量を持たせると動きに影響が出るかもしれないため、こちらについては一旦《いったん》預かっておくことにする。

「一度性質を理解してからは簡単だったけど、それまでは苦労した……これを加工してると、ハンマーも金床《かなとこ》もどんどん耐久値が減っちゃってねー」

「これの効果って、加工中まで現れてたんだ。それってどうやって対応したの？」

「腐食耐性を持ってるアイテム、いっぱい売ってくれたでしょ？」

「ああ……成《な》る程《ほど》な。ルークの素材を使って、まずハンマーと金床を作ったわけか」

それはまた、随分と苦労を掛けてしまったようだ。あの素材についていた腐食耐性の効果は、防具に付与するものだとばかり思っていたが、そのような使い道もあったとは。やはり、モノ造りをする連中の発想には驚かされるものだな。

「さてと……次は防具ですわね！」

「おう、お前さんもテンション高いな」

やたらと張り切っている伊織が、胸を張りながら己の作った装備を指し示す。彼女が軍曹《ぐんそう》の孫だと思うと、少し複雑な感情を抱いてしまうのだが——俺《おれ》が彼の関係者だと語るのは流石にNGだ。少し扱《あつか》いに困りつつも頷《うなず》き、俺は彼女の示した装備へと目を通した。

ルミナ用の着物については、昨日購入《こうにゅう》した俺や緋真《ひさな》用のものと性能の変化はないようだ。

ただ、色が異なっているだけである。俺のは黒、緋真のが赤を基調としているのに対し、ルミナのそれは緑を基調としているらしい。このカラーリングは、ルミナが妖精《ようせい》だった頃に着ていたドレスのそれに近い。どうやら、あの頃の姿を参考にしたようだ。

「いいじゃないか。早速《さっそく》着てみるか、ルミナ？」

「ん、えっと……」

俺の問いに対し、ルミナは若干《じゃっかん》迷った様子で、チラチラと着物へ視線を向ける。だが、それをぐっと堪《こら》えると、首を横に振りながら声を上げていた。

「いいえ、他の防具を確認してからにします。私も身に着けるものですから」

「そうか、なら他のを先にするとするか」

いやはや、この間まで子供だったというのに、いつの間にかそんな我慢《がまん》ができるまで成長していたか。急激に育ちすぎてしまったせいか、正直な所対応に困るところがある。

一応、門下生の一人として扱ってはいるのだが、果たして子供と思えばいいのか大人と思えばいいのか――そんな悩《なや》みを抱きつつも、俺は改めて自分の防具へと視線を向けた。

■《防具：装飾品《そうしょくひん》》魔絹《まきぬ》の羽織・金属糸加工・装甲付与《そうこうふよ》（白）
防御力《ぼうぎょりょく》：18（＋3）

魔法《まほう》防御力：12（＋2）
重量：6
耐久度：１００%
付与効果：防御力上昇（小）　魔法防御力上昇（小）　斬撃耐性　腐食耐性（全）
製作者：伊織

■《防具：頭》女王蟻の鉢金《はちがね》
防御力：12（＋3）
魔法防御力：5（＋1）
重量：3
耐久度：１００%
付与効果：防御力上昇（小）　魔法防御力上昇（小）　腐食耐性（全）
製作者：伊織

■《防具：腕》白鋼の篭手・装甲付与
防御力：16（＋3）

魔法防御力：4（＋1）
重量：6
耐久度：100％
付与効果：防御力上昇（小）　魔法防御力上昇（小）　腐食耐性（全）
製作者：フィノ

■《防具：足》白鋼の脛《すね》当て・装甲付与
防御力：17（＋3）
魔法防御力：6（＋1）
重量：7
耐久度：100％
付与効果：防御力上昇（小）　魔法防御力上昇（小）　腐食耐性（全）
製作者：フィノ

一通り目を通して、思わず唸《うな》る。これはまた、随分と強化されたものだ。
羽織に関しては、上着と同じく金属糸加工をすることで防御力、斬撃耐性の付与が成されている。さらに、両肩《りょうかた》の部分に細長い形に切り出した女王蟻の甲殻を重ね合わせるように張り付けてある。まるで、肩の部分にのみ鎧《よろい》を纏《まと》っているようであるが、この重ね合わせの形状が腕の動きを阻害《そがい》しないよう設計してあるらしい。

どうやら女王蟻の甲殻の使い方は他の装備でも同じらしく、通常の装備の上から削《けず》り出した甲殻を張り付ける形を取っているようだ。

「少し意外だったのは、女王蟻の甲殻を使った防具は、装甲《そうこう》部位だけではなく防具全体に腐食耐性の効果が出ることですわね。ルークの方でも試《ため》してみましたけど、あちらは全体に効果が出ることはありませんでしたわ」

「ふむ、成る程……今は防具全体に、腐食を軽減する効果が付いているわけか」

「だねー。甲殻自体もかなり頑丈《がんじょう》だよ。単純な強度だけ見れば白鋼よりも上だしね。その分、加工にはかなり苦労するけど」

「やはり、素材のランクとしてはかなり上だったか」

「ん、おかげで《鍛冶《かじ》》のスキルレベルがもりもり上がったよ」

疲《つか》れた様子を見せてはいるものの、フィノも伊織も満足そうな面持《おもも》ちだ。貴重な素材を扱えた上に、それを形にして、さらに成長することができたのだ。フィノにも伊織にも、満足な結果ということだろう。

「よし、じゃあ早速装備するとするか」

「っ、はい！」

やはり楽しみにしていたのか、ルミナはいそいそと装備を手に取っていく。その様子に苦笑しつつも、俺は受け取った装備を身に纏った。

デザインや大きさは以前と変わりはないが、やはり少しだけ重さは増しているようだ。まあ、動きを阻害されるほどではないので、少し慣らせば問題なく動けるようになるだろう。どちらかと言えば、新たに追加された肩の装甲の方が気になるものだ。

服の中に金具で肩部分を固定する留め具を作ってあるようで、その部分に肩を嵌《は》めればぴたりと装甲の位置が固定される。その状態で腕を上げてみれば、蛇腹《じゃばら》のようになった装甲が縮まり、腕の動きを阻害することはなかった。

成る程、上手く作られている。この工夫《くふう》には、思わず感嘆《かんたん》と感謝の念を覚えていた。

「流石《さすが》だな、二人とも。大したものだ」

「ふふん」

「お褒《ほ》めに与《あずか》り光栄ですわ」

この形状に加工するには、かなり緻密《ちみつ》な計算が必要になるだろう。ただでさえ加工しづらい素材を、そこまで計算して手を加えてくれたのだ。これには感謝の念に堪えないものである。一通り体を動かし、刀の位置をチェックして——動きに問題がないことを確認し、俺は満足して頷いた。

「よし、これなら十分だ。感謝する、二人とも」

「うんうん、敵に塩を送るみたいだけど、活躍を期待してるよー」

「クオンさんは別陣営《じんえい》ですからねぇ。活躍が見られないのは残念ですわ」

ここまで協力して貰《もら》って手助けできないというのは少々心苦しくはあるが、それもまた商売だ。今回は、俺とルミナの戦う姿を二人に披露《ひろう》することはできないだろう。一応緋真はいるのだから、そちらだけで勘弁《かんべん》して貰うしかない。

「あ、あの、お父様！　どうでしょうか！」

「うん？　ルミナか」

背後から声を掛けられ、そちらへと視線を向ける。そこには、新たな装備を身に纏ったルミナの姿があった。その新たな立ち姿を目にして、俺は小さく笑みを浮かべる。頬《ほお》を僅かに紅《あか》く染め、胸に手を当てながらこちらを見つめるその姿は、実に初々《ういうい》しく——とても、美しく映《は》えていた。

「ああ、よく似合っている。綺麗《きれい》になったものだな、ルミナ」

「あ……ありがとうございます、お父様」

ルミナは金髪《きんぱつ》で白い肌《はだ》の、西洋人然とした容姿をしている。そんな彼女であるが、淡《あわ》い色の衣《ころも》は色素の薄《うす》いルミナに意外なほどに適していた。作り手である伊織自身も金髪であるため、イメージはし易《やす》かったのだろうが、これは中々眼福だ。

「ちょっと先生、私に対しての感想はないんですか？」

「お前はほとんど変わってないだろう。色合いも一緒《いっしょ》だし」

「ぐぬぅ……」

「似合っているんだから、そうしかめっ面《つら》をするな」

苦笑《くしょう》しながら緋真の頭を軽く叩《たた》き、その顔を起こさせる。何にせよ、これで装備は完成。明日の準備は――悪魔共と戦うための準備は、十分に整った。

「……先生？」

「どうかしたか、緋真」

「いや、何だか――楽しそうですね？」

軽く口元を押さえ、そこが笑みの形に歪《ゆが》んでいたことを自覚し、苦笑する。ああ、否定はできまい。楽しみであることは紛《まぎ》れもない事実なのだ。久遠神通流《くどうじんつうりゅう》の力を戦場で発揮する機会が――そして、この胸に燻る怒りを燃え上がらせる機会が。

それは、俺にとって――

「……ああ、楽しみだからな、本当に」

――何よりも、待ち望んでいたものなのだから。

第六章　戦の前に

イベント開始十分前――ゲーム内の時間で言えば、三十分前か。ゲームにログインした俺の視界に飛び込んできたのは、慌《あわ》ただしく駆《か》けまわるプレイヤーたちの姿だった。

どうやら、イベント開始に備え、東西南北の門へと向けて配置を進めているようだ。イベント開始まであまり時間も無いし、俺もさっさとアルトリウスと合流することにしよう。

「っと、先生！　今ログインした所ですか」

「あん？　何だ緋真《ひさな》、まだ行ってなかったのか。お前、先にログインしていただろう」

「一言挨拶《あいさつ》するために待ってたのに、何て言い草ですか、もう！」

こちらに声を掛けながら駆け寄ってきた緋真は、俺の言葉に対して憤慨《ふんがい》した様子でそう告げていた。しかし実際に、緋真がログインしてから俺が入ってくるまで、そこそこ時間が経《た》っていた筈《はず》なのだ。ずっとここで待っているのは、流石に時間の無駄《むだ》というものだろう。それに関しては緋真自身分かっていたのか、小さく溜め息を吐き出すと、半眼を浮かべながら声を上げた。

「消耗品《しょうもうひん》の買い出しをしてここに戻ってきましたから、そんなに時間のロスはありませんよ。まあ、あんまり必要なかったかもしれないですけど」

「ほう？　そりゃどうしてだ？」

「エレノアさんですよ。あの人、東西南北に小さなクランハウスを一時的に借りて、そこでアルケミックポーションの生産販売《はんばい》を開始したんです」

「アルケミック……《錬金術《れんきんじゅつ》》のポーションとかいう奴か。まさか補給線の構築までやり始めるとはな」

確か、安価で素早《すばや》く量産できるのが売りのポーションだったか。成る程確かに、門の傍《そば》にそれがあれば、イベント中に回復アイテムが尽《つ》きてもすぐに補給可能だろう。《錬金術》のポーションであれば、素材さえあれば素早くアイテムを生成可能であるという話だし、エレノアの資金力ならば素材の収集も楽だろう。イベント前の追い込みとやらで、素材も大量に集まっていたようでもあるしな。

「イベント価格だとかで割引してましたけど、当然売れまくってましたよ。発想がコンビニですよね、あれ」

「ああ、駅前のコンビニの発想か……」

人が集まる場所に、便利に使える店舗《てんぽ》を置く。使い古された発想ではあるが、その効果の高さは歴史が証明しているだろう。機会があるかどうかは分からないが、使えるタイミングがあったら顔を出してみるとするか。

「まあいい、お前は北に向かうわけだな？」

「はい。先生とご一緒できないのは残念ですけど……」

「録画で見るしかなかろうよ。ま、このゲームの中なら、機会はまだある筈だ」

その言葉に、緋真は苦笑交じりに頷く。今更《いまさら》不平不満を口にしたところで仕方あるまい。既《すで》に戦場は決まっているのだ。

「じゃあ、先生。ご武運を」

「お前もな、しっかりやれよ」

軽く緋真の頭を叩き、俺はさっそく東側へと向けて出発する。

こちら側へと向かうプレイヤーには、他《ほか》と比べて、鎧姿のプレイヤーが多いようにも思える。その意匠《いしょう》は一部共通しており、どうやらアルトリウスが装備していた鎧を元にしているようだ。つまるところ、あの青と銀のカラーリングが、『キャメロット』に所属している者たちの証《あかし》ということだろう。

俺はそんな様子を観察しながら、従魔結晶《じゅうまけっしょう》よりルミナを呼び出した。

「おはようございます、お父様」

「ああ、調子は良さそうだな。今日が本番だぞ」

「はい！　お任せください、お父様」

ルミナは昨日の内に、装備の具合を含《ふく》めて一通りの動きを確認している。

驚いたことに、教えていた動きについては、もう殆《ほとん》どが実戦投入しても問題ないレベルにまで上達《じょうたつ》していた。まさか、この短い期間の内にそこまで練度を上げるとは、俺としても驚嘆《きょうたん》せざるを得ない事態であった。とはいえ、今の状況においてはそれも好都合、存分にその力を発揮して貰うべきだろう。

「お父様、昨日のお話では、悪魔共に正面から斬り込むということでしたが」

「ああ、その通りだな」

「……本当に、可能なのですか？」

不安げに問いかけてくるルミナの様子に、思わず苦笑を零《こぼ》す。無理からぬ反応であるとは思うが、今更その方針を変えるつもりはない。何しろ、それこそが久遠神通流《くどうじんつうりゅう》の本懐《ほんかい》であるからだ。

「ルミナ、お前には教えていなかったが……久遠神通流が無双《むそう》たる所以《ゆえん》は何だと思う？」

「え？　それは……」

「いかなる攻撃《こうげき》をも捌《さば》き斬る柔《じゅう》の型か、防御《ぼうぎょ》を固めようと撃《う》ち貫《つらぬ》く剛《ごう》の型か。或《ある》いは、近接において一手で敵を殺す打法か、相手を幻惑《げんわく》し隙《すき》を生み出す歩法か――」

「……それら全て、ではないのですか？　優劣《ゆうれつ》など付けられるものではありません」

「いい回答だな、どれかを選んでいたら叱《しか》っていた所だ」

久遠神通流の術理に、優劣などない。その全てが、一つの理念の下に成り立っているのだから。

だが――それらの根幹をなす技術はまた別に存在する。それこそが、久遠神通流の神髄。森羅万象《しんらばんしょう》の境地を目指しもがき続けた先人たちの、一つの答え。

「久遠神通流にとって最も重要なのは、自分自身の制御《せいぎょ》だ」

「制御？　ごめんなさい、お父様。よく意味が――」

「お前が経験した中で言うならば、重心の制御がそれに含まれる。己自身の肉体を、そして精神を掌握《しょうあく》し、自在にコントロールすること……それこそが、久遠神通流が境地を目指す中で編み出した、術理とも異なる肉体制御法だ」

久遠神通流の術理は強力かつ対処も難しいのだが、それはあくまでも攻撃手段の一つに過ぎない。森羅万象の境地というものは、ただ攻撃を繰《く》り返しているだけで辿り着けるようなものではないのだ。

それ故《ゆえ》に――久遠神通流にとって、本番と呼べるものはその肉体制御法なのだ。

「それこそが、久遠神通流合戦礼法。たった数人で数百という人間を縊《くび》り殺したと謳《うた》われる、自己制御の技法だ」

「お父様は、それを扱えるのですね……！」

「ああ。今の時代だとこれを使う必要性がまるでないから、すっかり廃《すた》れちまっていたがな……俺とジジイぐらいだろうな、全てを扱えるのは」

いや、正確に言うならば、俺も全てを扱えるわけではない。何しろ、その合戦礼法の最後の技法こそが、ジジイの辿り着いた境地――森羅万象の境地なのだから。

久遠神通流に伝わる術理において、俺が使えないものはそのただ一つのみ。いつか辿り着くと誓った、剱《つるぎ》の境地である。

「滅多《めった》に使うもんじゃないからな、緋真にも見せてやりたかったんだが……こればかりは仕方ない。お前は存分に見学していけ」

「っ……はい、お父様！」

何やら随分《ずいぶん》と嬉《うれ》しそうな様子のルミナに苦笑しながら、俺は視線を前方――見えてきた、東側の門へと向ける。既に大勢のプレイヤーが集まり防衛準備を整えているそこは、成程確かに鉄壁《てっぺき》の布陣《ふじん》となっていることだろう。

と、その門の前に立つ、大柄《おおがら》な男の姿が目に入る。見覚えのある金髪の男は、同様に俺の姿を発見したのか、爽《さわ》やかな笑《え》みを浮かべてこちらへと足を進めていた。

「お待ちしておりました、クオン殿《どの》」

「アンタは……ディーンだったか。わざわざ到着《とうちゃく》を待っていたのか？」

「ええ。マスターがお待ちです、どうぞこちらへ」

昨日の会議で顔を合わせていた、攻撃《こうげき》部隊の部隊長である男、ディーン。大剣を背に装備したその男は、しかし見た目とは裏腹に丁寧《ていねい》な物腰《ものごし》で、俺とルミナを門の内部へと案内してくれた。

ベルクサーディの城壁《じょうへき》はかなり分厚く、その内部には兵士たちが入り、警備を行うような構造となっている。その分厚さもあって、門自体も二重構造だ。これを破壊して通るのは中々骨だろう。俺たちは、そんな門の内部に設置された扉《とびら》から階段を上がり、城壁の屋上部分へと案内されていた。そこに立っていたのは、周囲のプレイヤーたちに指示を飛ばしている一人の青年――

「マスター、クオン殿をお連れしました」

「ああ、ありがとう、ディーン。それと、お待ちしていましたよ、クオンさん」

「そちらこそ、調子が良さそうで何よりだ、アルトリウス」

相変わらずの美貌《びぼう》で周囲を魅了《みりょう》している青年は、しかしその自覚もないように俺たちの方へと微笑《ほほえ》みかけていた。

周囲の状況《じようきよう》を確認《かくにん》すれば、それぞれのプレイヤーたちが迷うことなく、己《おのれ》に割《わ》り振《ふ》られた役割をこなしている。やはり、この統率《とうそつ》能力は流石の一言だ。尤《もつと》も、あれだけの啖呵《たんか》を切ったのだから、この程度はこなして貰わねば困るのだが。

「さて、予定に何か変更《へんこう》はあるか？　あろうがなかろうが、俺がやることは変わらんが」

「大丈夫ですよ。予定通り、僕《ぼく》は貴方《あなた》の行動に合わせて行軍します」

「そりゃ何よりだ。それで――」

ちらりと、視線を城壁の向こう側――広い平原と、その先に広がる山の裾野《すその》の方へと視線を向ける。その遥《はる》か彼方《かなた》には、確かにこちらへと向かってきている黒い影《かげ》の群れが存在していた。距離《きより》がありすぎるため全容は見えていないが、それでもかなりの数だ。恐《おそ》らく、四桁《けた》に達していることは間違《まちが》いあるまい。その圧倒的《あつとうてき》な数に、しかし口元を笑みに歪めながら、俺はアルトリウスに問いかけた。

「敵の様子はどんなもんだ？」

「斥候《せつこう》からの報告では、およそ三千、といった所ですね。敵の陣容《じんよう》は殆どがレッサーデーモン、そしてスレイヴビーストという種族です」

「初めて聞く名だな。レッサーデーモンとやらは悪魔《あくま》のようだが……スレイヴビーストっては？」

「悪魔に使役《しえき》された魔物《まもの》のようですね。名前は一括《ひとくく》りにされていますが、種族自体はかなり色々な魔物が揃《そろ》っています。まあ、この周囲で出現する魔物が大半のようですが」

「……成る程な」

いかなる方法であるかは知らないが、悪魔共は魔物を使役しているらしい。

俺も使っている《テイム》のスキルが思《おも》い浮《う》かぶが、あれは魔物に強制する力はない。何かしら、悪魔共が使える独自の能力と考えた方がいいだろう。あのゲリュオンも、アンデッドを操《あやつ》っていたことだしな。

「そして、敵陣《てきじん》ですが……見ての通り、軍としての動きはできていないようですね」

「烏合《うごう》の衆だな。純粋に、数に任せての力押《ちからお》しか……レッサーデーモンとやらはそんなに強いのか？」

「《識別》のレベルでは20ですね。弱いとは言えませんが、強いとも言えない。そんな所でしょう」

個別で見ると、あまり面白《おもしろ》い相手ではなさそうだ。だが、問題は相手が多数であるということ。以前の蟻の時もそうであるが、数というものは純粋に強力だ。レベル20の敵が多数で攻《せ》めてくれれば、間違いなく危険であると言えるだろう。だが――

「……お前さんにとっては、容易《たやす》い相手だな。だからこそ、俺に合わせるというのはあまり利口とは言えないが」

「確かに、そうかもしれませんね」

今回は、こちらも数で対処している。

純粋な数量では劣《おと》るだろうが、多数対多数の戦いに持ち込めば、質で勝るこちらが負ける道理はないだろう。わざわざ、俺のような劇物を持ち上げる必要などない。

だが――アルトリウスは、それでも変わらず、どこか得意げな笑みを浮かべていた。

「けれど、成功すれば最も高い効率を見込めます。ハイリスク・ハイリターン、いいじゃないですか。勝負をするなら、それぐらいでないと」

「くく……成る程な」

アルトリウスの言葉に笑みを零し、俺は彼《かれ》の隣《となり》を通り抜《ぬ》けて城壁の際に移動した。確かに、俺が宣言通り奴《やつ》らを斬《き》り抜けて、アルトリウスがそれに合わせられるならば、最大の効率を見込める可能性は高い。それをあえて望もうと言うのであれば、こちらとしても否はない。ならば、全力を尽くしてやるとしよう。

「ルミナ、こっちに来い」

「はい、何でしょうか、お父様――えっ？」

首を傾《かし》げながら近づいてきたルミナの手を握《にぎ》る。

突然《とつぜん》のその動きに、ルミナは目を丸くして硬直《こうちょく》していたが――次の瞬間《しゅんかん》、その表情は一気に引き攣《つ》ることとなった。何故《なぜ》なら、俺がいきなり城壁《じょうへき》から飛び降りていたからだ。

当然、手を引かれたルミナも一緒に壁《かべ》から落下し――

「っ――先に言ってください！」

――ルミナの背中に光の翼《つばさ》が出現し、落下の勢いが即座《そくざ》に軽減される。そのままゆっくりと外壁の外に着地した俺は、くつくつと笑いながら宙に浮かぶルミナの頭を撫《な》でた。

「悪いな、間に合わなかったら自力で受け身を取っていたさ。いい反応だったぞ？」

「……全くもう」

唇《くちびる》を尖《とが》らせるルミナの様子に再び笑みを零し、俺は前方へと向けて歩き出す。ちらりと、後方の城壁にいるアルトリウスへと、視線を向けて。

「覚悟《かくご》が決まっているならそれでいい、始めるとしようか」

張り上げてもいないその声は、恐らく彼に届いてはいないだろう。けれど、こちらの意図は伝わっているはずだ。少し引き攣った、けれど不敵な笑みを浮かべたアルトリウスは、すぐさま周囲のメンバーへと向けて指示を飛ばし始める。

その姿を背に、俺はルミナを伴《ともな》って、ゆっくりと戦場へ足を踏《ふ》み出していった。

第七章　戦端《せんたん》開くは剣鬼《けんき》の咆哮《ほうこう》　その1

――黒い軍勢が、地響《じひび》きのような足音を響《ひび》かせて接近してくる。

数を数えることも億劫《おっくう》になるような軍勢は、ただこちらへの敵意と殺意を滲《にじ》ませながら接近してきていた。対し、こちらは二人。正確には、後方にある王都まで下がれば多くの味方はいるだろうが……生憎《あいにく》、そんなところで悠長《ゆうちょう》に待っているつもりはなかった。

「お父様、やはり無茶《むちゃ》です！　下がった方が――」

「何馬鹿《ばか》なこと言ってる。これほどの機会、そうそうあるもんじゃねぇぞ」

抜き放った太刀《たち》を肩に担《かつ》ぎ、下がらせようとする仲間《ルミナ》の声に対してそう返す。

嗚呼《ああ》、全く――こんな機会を、得ることができるとは思わなかった。この現代の世で、合戦の空気なんてものを味わうことができるとは。ゲリラ戦の火事場とも違《ちが》う、己の命と敵の血肉が交じり合うような戦場。

――俺が、求めて止《や》まなかったものだ。

「くくっ、あの馬鹿弟子《でし》には感謝せんとな。まさか、こんなに楽しい戦いを提供してくれるとは思わなんだ」

今はこの場にはいない、己の直弟子《じきでし》の姿を思い浮かべ、俺は再び笑いを零す。本当に愉《ゆ》快極《かいきわ》まりない。今度、しっかりと礼をしてやらねばならないだろう。多少ならば無茶な頼《たの》みも聞いてやらないでもない。それほどまでに、俺はこの状況に歓喜《かんき》していた。

「さぁ、始まりだ。よく見ておけ、我らの剣《けん》が——久遠神通流《くどうじんつうりゅう》がいかなるものであるのかを」

「……ッ」

抑《おさ》えきれぬ戦意に、後ろから息を飲む音が聞こえる。けれど俺は軍勢から目を離《はな》すことなく、笑みと共に太刀を構えた。全《すべ》ての始まりは数週間前、弟子が持ち込んできた一つの提案。

——その時のことを、俺は笑い出しそうになるほどの高揚《こうよう》を抑えながら思い返していた。

あの日、明日香《あすか》がこのゲームを勧《すす》めてこなければ、このような気分を味わうことはなかっただろう。合戦への高揚と、悪魔共への殺意、そして燃え上がるような怒《いか》り。まるで、かつて戦場を歩んでいた頃のような感覚だ。体の内側から燃え上がるように、けれど思考だけは冷たく研《と》ぎ澄《す》まされてゆく。目の前の敵を殺す——ただ、それだけのために己を最適化させてゆく。数多《あまた》の敵を斬り、屠《ほふ》ったあの日に近づき、そして超《こ》えるために。

「そして……必ず、アンタを打倒《だとう》するために」

この場にはいない、己の目標へと向けて小さく呟《つぶや》き——その瞬間、ガラン、ガランと巨《きょ》大《だい》な鐘《かね》の音が響き渡《わた》った。それはベルクサーディの内側、王城の辺りからだろうか。焦燥《しょうそう》をもたらす、緊急《きんきゅう》を告げる鐘の音。肌を震《ふる》わせるほどの巨大な音は、全ての方角に響き渡ったことだろう。そしてそれと共に、俺たちの舞《ぶ》台《たい》の幕が上がる。

『ワールドクエスト《悪魔の侵攻《しんこう》》を開始します』

後方で、雑多な歓声《かんせい》が上がる。

正式にサービスを開始してから、初の大規模なイベントだ。待ち望んでいた者も多いことだろう。だが、悪いが足並みを揃えてやるつもりはない。全力で引《ひ》っ掻《か》き回してやるとしよう。《強化魔法《まほう》》を発動し、俺は敵の陣容を見据《みす》えて眼を細める。

「お父様……っ！」

焦《あせ》るルミナの声。近づいてくる悪魔の足音は、既に震動《しんどう》として感じ取れるほどのものだ。距離にして数百メートル程度。あと数分としない内に、奴らは王都まで到達《とうたつ》することだろう。奴らも既に俺たちの姿を捉《とら》えているのか、無数の敵意が俺の身に降り注いできていた。

その真《ま》っ只中《ただなか》で——俺は、口角を笑みに歪める。

「————」

大きく息を吸う。足を大きく開き、拳《こぶし》を強く握り締《し》める。

そして――体の中にある総《すべ》ての熱を、全力で解き放つ！

久遠神通流合戦礼法――火の勢、鬼哭《きこく》。

「殺《シャ》アアアッ!!」

――その刹那《せつな》、全ての音が止んだ。

悪魔共が地を踏みしめる音も、異邦人《いほうじん》たちの歓声も、あらゆる生き物が発する音が瞬時《しゅんじ》に消え去る。ざり、と――静寂《せいじゃく》に包まれた戦場に、俺の足が地を踏みしめる音が響く。その音は、どこか耳に痛いほどに響き渡り……俺は白目が真っ赤に染まった眼《め》で、視界を占《し》める敵の全てを睥睨《へいげい》した。

四つある合戦礼法の理《ことわり》、その内、最も攻撃的《こうげきてき》な合戦礼法こそが鬼哭だ。原理としては威《い》圧《あつ》、即《すなわ》ち『気当たり』に近い。殺意、敵意、悪意、害意――『お前を殺す』という意志そのものを全力で高め、咆哮と共に解き放つことで、あらゆる敵の動きを制限する。同時に、絶叫《ぜっきょう》と共にアドレナリンを大量に放出し、極度の興奮状態を作り上げる。それによって起こるのは、運動能力の向上と痛覚の軽減。肉体が壊《こわ》れる一歩手前まで己の身体能力を高め、超人的《ちょうじんてき》なスペックを発揮するのだ。

「久遠神通流、クオン――」

太刀を蜻蛉《かげろう》の構えへ。広がった瞳孔《どうこう》で悪魔共の姿を捉えながら、俺《おれ》は前へと踏み出した。

「――推《お》して参る」

歩法――烈震《れっしん》。

踏み込んだ一歩にて、トップスピードに乗る。俺の咆哮に動きを止めた悪魔共との距離はおよそ三百メートルほど。その程度の距離であれば、十秒程度で肉薄《にくはく》できる。

「オオオオオオオオオオオオオオオオオオオオオオオオオオオッ!!」

斬法――剛の型、扇渉《せんしょう》・親骨《おやぼね》。

僅《わず》かに旋回《せんかい》させた一閃《いっせん》に、前進の勢いの全てを乗せる。その僅かな手元の動きで大きく翻《ひるがえ》った一閃は、軍勢の先頭にいた三体のスレイヴビーストを一刀の下に斬り伏《ふ》せていた。

そして、それでも消化しきれない一閃の勢いを、体を回転させることで次なる一撃《いちげき》の原動力とする。

打法――旋骨《せんこつ》。

放ったのは、回転の勢いを全て乗せた肘《ひじ》打ち。それによって、両断され宙を舞《ま》っていた猿《さる》型の魔物の上半身は、血を撒《ま》き散らしながら後方へと吹《ふ》き飛んでいた。

歩法――跳襲《ちょうしゅう》。

「──《生命の剣》ィ！」

宙に赤い軌跡《きせき》を描《えが》いた血に紛《まぎ》れるように、俺は地を蹴《け》り宙を駆ける。吹き飛んだ猿の上半身は、後方にいたレッサーデーモンに衝突《しょうとつ》し──

「ガ────！」

「よう、死ね」

──俺は、その頭を鷲掴《わしづか》みにしながら押し倒《たお》し、その首を斬り落とした。そして、そのまま地面を一回転して受け身を取り、その刹那に再発動した《生命の剣》で周囲を一回転に薙《な》ぎ払《はら》う。瞬間、赤と緑の血が撒き散らされ、俺はその雨の中で残心と共に立ち上がった。

「くく、ははは……ハハハハハハハハハハハハハハハハハハハハハハハハッ！」

嗚呼、愉快極まりない。

操られた獣《けもの》の群れが、出来損《できそこ》ないの人型をした悪魔共が──揃いも揃って、何を怯《おび》えているのだ。これだけの数がいるというのに、まるで動くことができていない！

「どうした、そんなものか！　何もできないならそのまま死ねェッ！」

醜《みにく》く歪んだ豚《ぶた》のような首を左手で握り潰《つぶ》し、更《さら》に前へ。

慌てたように、或いは反射的に動いたレッサーデーモンがスレイヴビーストを盾《たて》にしよ

うとするが、一歩後退したその時には既に刀のリーチまで飛び込んでいる。

「《収奪《しゅうだつ》の剣》ッ！」

一刀にてレッサーデーモンを斬り伏せ、《生命の剣》で削られたＨＰを回復する。そのまま、盾にされようとしていた牛のスレイヴビーストに突《つ》きを放ち、その内臓を抉《えぐ》った。絶叫を上げながら崩《くず》れようとする牛から刃《やいば》を抜き、血を振り払う。そしてその角を掴《つか》みながら跳躍《ちょうやく》し、俺自身の体重全体を掛《か》けて体を持ち上げ、己自身を支点にして相手を投げ飛ばした。

打法——流転《るてん》。

放《ほう》り投《な》げられた牛の巨体《きょたい》は、そのまま落下してレッサーデーモンとスレイヴビーストを押し潰す。そして俺はその死体を足場に、更に前方へと向けて跳躍した。

「ガアアアアアアアアアアアアアアアッ！」

再び、咆哮。全力の殺気を込めたそれは、見渡《みわた》す限りの悪魔共の動きを制限する。

これこそが、久遠神通流が戦場で恐れられた理由。どれだけの数がいようとも、俺たちを前にする恐怖《きょうふ》に打ち勝てねば意味がない。俺の感覚が捉えている全ての敵の喉元《のどもと》に、この刃の切っ先を突きつけているイメージを叩きつけながら、ただ前へ。

斬法——柔の型、釣鐘《つりがね》。

「しッ！」

空中で体を捻《ひね》り、上下逆さまになりながら回転する。それによって放たれた一閃は、二体のレッサーデーモンの首筋を斬り裂《さ》いていた。噴《ふ》き出す緑の血を背後に、着地した俺はそのままさらに体を前に倒しながら地を蹴る。勢いを殺さない。慣性を、ベクトルを、全て次なる攻撃への力へと変える。

斬法――剛の型、穿牙《せんが》。

「《生命の剣》ッ！」

眼前の相手の心臓を穿《うが》ち、そのまま前へと前進する。長大な刀身をそのままに、貫通《かんつう》した刃で背後のスレイヴビーストも穿ち、刃を捻ることで傷を抉る。そのまま俺は刃を抜き放ち、吹き上がる血を浴びながら、左手を横合いへと伸《の》ばした。俺が突如《とつじょ》として眼前に現れたことに驚愕《きょうがく》していたのだろう。棒立ちしていたその首に、俺は口元を笑みに歪めながら伸ばした腕《うで》で握り締める。

「ガ、ギィ……⁉」

「どうしたァ……随分と、景気の悪いツラじゃねぇか」

左腕のみでその体を持ち上げながら、俺は太刀に染《し》みついた血を拭《ぬぐ》い取る。

俺の左手の指は悪魔の首にめり込み、緑の血を噴出《ふんしゅつ》させている。そしてにやりと笑みを浮かべ、悪魔の喉笛《のどぶえ》を頸椎《けいつい》ごと握り砕《くだ》き、その死体を乱雑に投げ捨てた。

「テメェらが始めたことだ……人間に、俺たちに喧嘩《けんか》を売ったのはテメェらだろう。なァ……」

ゆっくりと、前に進み出る。それだけで、周囲の悪魔共は一歩後方へと後退していた。

スレイヴビーストたちは地に伏せ、少しでも小さくなろうとするかのように震えている。

「だったら――少しは根性《こんじょう》見せてみろや、塵屑《ごみくず》共がアアアアアァッ!!」

打法――槌脚《ついきゃく》。

殺意の咆哮と共に、俺は地面を強く踏みしめる。その瞬間、地面は罅割《ひびわ》れて陥没《かんぼつ》し、周囲に強く衝撃《しょうげき》を走らせていた。爆発《ばくはつ》のような轟音《ごうおん》が響き渡り――その瞬間、悪魔共の恐怖は臨界に達する。

『――――――ッ!!』

様々な種族の悲鳴が交わり、奇妙《きみょう》な音となって周囲に満ちる。

俺の眼前にいた魔物たちは、まるで蜘蛛《くも》の子を散らすように踵《きびす》を返し、尻尾《しっぽ》を巻いて逃《に》げ出していた。

しかし、ここは戦場。ぎっしりと陣《じん》を敷《し》かれているわけではないにしろ、立ち尽くす者たちの密度は高い。自然、押しのけるように逃げる悪魔たちは縺《もつ》れ合い、もたもたと無防備な背中を晒《さら》すことになる。

――そこに突き刺《さ》さったのは、上空から降り注いだ閃光《せんこう》の槍《やり》だった。

以前よりも精緻《せいち》な造形で形成された魔法は、複数の悪魔共を貫いて地面に縫《ぬ》い付ける。

その様子に口笛を吹き、俺は己の背後へと声を掛けた。

「ようやく来たか、ルミナ」

「……お父様が急ぎ過ぎなんです。けれど、これは……」

「言った通りだ。久遠神通流の力、間近でしっかりと見ていけ」

「……はいっ！」

恐怖はあるだろう。ルミナの表情は、硬《かた》く緊張《きんちょう》で強張《こわば》っている。けれど、ルミナはこの状況に対して、後退の選択肢《せんたくし》を挙げようとはしていなかった。興味か、或いは覚悟か。

まあ、それはどちらでもいい。重要なのは、こいつがこの場の経験を生かせるかどうかだ。

「お前は迎撃《げいげき》と回復に専念しろ。アルトリウスが到着するまで、色々と見せてやる」

袖口《そでぐち》で刃を拭い、太刀を納刀する。それに次いで両腰《こし》へと手を当て、俺は二振りの小太《こだ》刀《ち》を抜き放っていた。普段《ふだん》はあまりやるものではないが、折角《せっかく》の機会だ、楽しませて貰うとしよう。

「さぁ……精々逃げ惑《まど》え、塵芥《じんかい》共ォッ！」

胸裏《きょうり》を焦《こ》がす赫怒《かくど》の熱量を吐《は》き出しながら、俺はルミナを伴って、悪魔共の背中へと襲い掛かったのだった。

第八章　戦端《せんたん》開くは剣鬼《けんき》の咆哮《ほうこう》　その2

久遠神通流《くどうじんつうりゅう》戦刀術は、基本的に一振《ひとふ》りの刀で戦うことを想定した武術である。

その源流を考えれば、鋒両刃造《きっさきもろはづくり》の太刀で戦うことこそが本来の戦い方なのだろうが、そこは長い年月の中で多様化してきていると言えるだろう。ともあれ、本来であれば一刀流で扱《あつか》うべき術理であるのだが、別段それを強制しているわけではない。

六百年も時間があれば、変わり者も生まれるものだ。薙刀術《なぎなたじゅつ》が独立したのも、そういった経緯《けいい》があるのだが――

「久遠神通流小太刀二刀――師範代《しはんだい》の真似事《まねごと》だが、劣るつもりはないぞ」

柔の型の師範代が好んで使っている、小太刀二刀流。俺は専門というわけではないが、同じ型で競《きそ》っても互角《ごかく》に戦えるだけの自信がある。威力《いりょく》の出しにくい小太刀、そして片手で扱うという都合上、どうしても威力の高い剛の型は出せないのだが――

「オォ――――ッ！」

歩法――烈震《れつしん》。

地面を踏み砕きながら駆けた俺は、逃げようと無様に背中を向けている悪魔へと刹那に肉薄した。俺の声に反応して振り返ろうとしていたようだが、恐怖による逡巡《しゅんじゅん》があったのだろう、その動きはまるで間に合っていない。俺は相手の体が動くよりも先に、その心臓を刃で穿った。その刃を抜き様に左の刃で首筋を裂き、噴き出す血潮が落ちるよりも早く、その背を蹴り倒して前へと進む。

歩法――間碧《かんへき》。

目を見開き、集団の動きの全てを把握《はあく》する。その隙間《すきま》に存在する道なき道。混乱する戦場の隙間へと、俺は己の身を滑《すべ》りこませた。

擦《す》れ違うことになる大量の敵。だが、その全てを見逃《みのが》す道理はない。

斬法――柔の型、散刃《さんじん》。

滑るように足を前へと出し――その崩れそうになるバランスを、もう片方の足を大きく踏み出すことで保ちつつ更に前へとバランスを倒していく。転倒《てんとう》し掛ける体と、それを支える足。その繰り返しによって体を動かしながらも前進していく。その動きと共に、俺は周囲にいる悪魔共へと向けて、両手の刃を素早く走らせた。足の腱《けん》を、太腿《ふともも》の付け根を、膝裏《ひざうら》を――立ち、動く上で必要となる部位をことごとく破壊《はかい》する。

そうしてその集団を抜けた時には、俺の進んだ道筋を示すように、地面に倒れもがく悪魔の群れが存在していた。

「お父様、この悪魔共はこのままでいいのですか？」

「放っておけ、後でアルトリウスが踏み潰すだろう。それより——そら、そろそろ向こうも来るぞ」

いかに鬼哭の影響下《えいきようか》にあろうと、俺が姿を直接目視できなければ効果は薄《うす》まる。そして当然ながら、距離が開けば開くほど殺気による拘束《こうそく》も難しくなってしまうのだ。俺の目の前にいる悪魔共は未《いま》だに混乱の最中にあるが、遠くにいる連中はその限りではないだろう。そんな状況を示すかのように——正面の悪魔を巻き込むようにしながら、闇《やみ》の魔法が俺へと迫《せま》ってきていた。それを捉えて、俺は両手にある小太刀を上空へと放り投げる。

斬法——柔の型、零落《れいらく》。

「——《斬魔の剣》」

シャン、と——鯉口《こいぐち》が、鈴《すず》を鳴らすように響く。その音が届いた時には、俺の刃は既に鞘《さや》の内側へと戻《もど》されていた。体幹を動かさず、そして予備動作をほぼ削《そ》ぎ落とした神速の居合、零落。居合刀でやれば抜き手どころか戻しすら見せず鞘走りも鳴らさないのだが、流石《さすが》に太刀で行うのは難しい。小さく自嘲《じちよう》しつつ、俺はその場から前へと跳躍した。

「味方ごととは、いい度胸だ——ならばその手間を省いてやろう！」

悪魔共は元々闇属性。スレイヴビーストはともかくとして、今の魔法はレッサーデーモンにはあまり通用していないようだ。

俺《おれ》は、魔法に巻き込まれて倒れていた悪魔共の方へと接近する。レッサーデーモンはゆっくりと起き上がり――その背中へ、俺は拳を押し当てた。

打法――寸哮《すんこう》。

迸《ほとばし》る衝撃が、破壊力《はかいりょく》のみを体内へと伝え、その内部を破壊する。悪魔は膝から崩れ落ち、倒れようとして――俺は、その肩《かた》に足を掛けて跳躍した。そのまま、上空へ投げ飛ばしていた二振りの小太刀を掴み、先程《さきほど》俺へと魔法を放ってきた相手の姿を目視する。それは、レッサーデーモンとは姿の異なる悪魔。どこか人間に近いその姿に、俺は見覚えがあった。

「デーモンナイト……！」

あの時斬った二体とはまた少し異なるが、それでも爵位悪魔《しやくいあくま》の眷属《けんぞく》には違いあるまい。であれば殺す。容赦《ようしや》などない。あの堕《お》ちた親子と同じように、爆《は》ぜるまで刻んでやろう。

その殺意に反応したのか、デーモンナイトは僅かに身を震わせ、俺の方へと手を向けてきた。次の瞬間、再び放たれた闇の砲撃《ほうげき》。俺の体を飲み込もうと迫るそれに、体を捻りながら刃を振るった。

「《斬魔の剣》ィ！」

まるで闇の中を掻き分けるように、俺は回転しながら落下していく。そして落下のその瞬間、俺は足元にいたレッサーデーモンへと両の刃を振り下ろした。

斬法――柔の型、襲牙《しゅうが》。

その切っ先は悪魔の鎖骨《さこつ》の隙間へと突き刺さり、遮《さえぎ》るものなく一直線に悪魔の肺と心臓を破壊する。まあ、本当に肺と心臓があるのかどうかは知らないが、それで死んでいるのだから問題はないだろう。

絶命した悪魔の肩を蹴ることで刃を抜き、その先にいた悪魔の顔面へと踵を振り下ろす。その一撃はガードされたものの、勢いに押されてレッサーデーモンは仰向《あおむ》けに転倒する。それを幸いと、俺は振り下ろした足をそのままに、悪魔の頭部を全体重で踏み砕いた。

悲鳴も上げられずに絶命したその頭を踏み越《こ》えて、更に前へ。

「シャアアアアアアアアアアアアアアアアアアアアアッ！」

「ッ、人間が――――！」

目の前にいるのはデーモンナイト。人の姿に近いそれは、腰から黒い剣を抜き放つと、俺へと向けて刃を振るってきた。その一閃に対し、俺は二つの刃をタイミングをずらしながら振るう。

斬法・改伝――柔の型、流水・細波《さざなみ》。

一振り目の右の刃がデーモンナイトの剣を受け流し、続くもう一振りが追い付いて、その手首を切り飛ばす。そのまま右の刃を返してデーモンナイトの肩を斬り裂くが、やはり片手の小太刀では浅い傷しかつけられない。だが——腕が交差したこの時点で、既《すで》に必殺の間合いにまで入っているのだ。

斬法・改伝——柔《じゅう》の型、断差《だんさ》。

その瞬間、俺は両の刃を同時に振り抜き、交差させるようにデーモンナイトの首を斬り裂いていた。シャキン、と鋏《はさみ》を閉じたような涼《すず》やかな音が響き渡り、同時にデーモンナイトの首が飛ばされる。噴き上がった緑の血が雨のように降り注ぎ——それが届くよりも先に、俺はその隣を擦り抜けながら先へと進んだ。

「オオオオオオオオオオオオオオオオオオオオオオオッ!!」

歩法——跳襲《ちょうしゅう》。

咆哮すると共に駆《か》けた俺は、デーモンナイトが倒されて硬直していた悪魔へと跳躍する。その眼窩《がんか》へと刃を突き入れ、首を裂きながら抱《かか》え込むようにして後ろへと着地する。俺の体重によって引き千切られた首から刃を抜き取り、そのまま投げつければ、後ろ側にいたスレイヴビーストの眉間《みけん》に突き刺さっていた。

崩れ落ちようとするその顎《あご》を蹴り飛ばし、仰《の》け反《ぞ》った頭から刃を引き抜いて、逆手のままに隠《かく》れていたレッサーデーモンの首を斬り裂く。噴き出す血を押さえながら狼狽《ろうばい》するその悪魔は放置し、更に奥《おく》へ。そこには、迫る俺に対する恐怖を抑えられずにいる様子の、巨体を持つレッサーデーモンが存在していた。

「ゴアアアアア――――」

「シャアアアアアアアアアアアッ!」

威嚇《いかく》の声を殺意の咆哮で掻き消して、俺はレッサーデーモンへと肉薄する。巨体を持つ悪魔は、その手に持った粗雑《そざつ》なハルバードを振るい、俺へとその斧《おの》の刃で薙ぎ払ってくる。雑ではあるが、その巨体故《きよたいゆえ》の膂力《りよりよく》か、速度は十分。それに合わせるように、俺は地を蹴り相手へと接近した。

斬法――柔の型、流水・浮羽《うきばね》。

柄《つか》の根元に近い部分で、俺はその一閃の勢いに乗る。地面を擦るように回転しながらその勢いを殺しつつ、俺は左の刃をレッサーデーモンの背中へと突き刺した。

斬法――柔の型、射抜《いぬき》。

突き刺した小太刀の柄尻《つかじり》を、もう一方の柄尻で打ち据《す》える。体内へと潜《もぐ》り込んだその刃は、確実にレッサーデーモンの心臓を貫《つらぬ》いていた。崩れ落ちるレッサーデーモンの背中から小太刀を引き抜き、噴き出す血を振り払いながらその先を――悪魔の軍勢の先を、睥睨する。

「――まだだ」

斬法――柔の型、釣鐘《つりがね》。

横合いから突き出されてきた二本の槍を跳躍しながら回避《かいひ》しつつ、体を回転させてその首を斬り裂く。どうやら、そろそろこの殺気にも慣れてきたのか、動ける連中も出てきたらしい。

――それでいい、そうでなくては面白くない。

俺は口元を笑みに歪《ゆが》めつつ、着地と共に地を蹴り、更に軍勢の先へと飛び出した。スレイヴビーストへ指示を出そうとするレッサーデーモンへと小太刀を投げつけ、その刃にて胸を貫く。それに動揺《どうよう》して動きを止めたスレイヴビーストへ肉薄し、俺は己の肩甲骨《けんこうこつ》を押し当てた。

打法――破山《はざん》。

地が爆ぜ割れ、爆発が起こったかのような衝撃音《しょうげきおん》と共に、馬の姿をしたスレイヴビーストの体が吹き飛ぶ。その口や目からは血を噴出し、既に絶命していることが見て取れた。

そして、胸に突き刺さった刃にもがくレッサーデーモンに対し、俺はその刃の柄尻を蹴り抜いた。吹き飛びながら刃に貫かれるその姿を見送り、体を屈《かが》める。

「シィ――――ッ！」

飛び掛かってきたのは獅子《しし》の姿をした魔物。俺はその爪《つめ》と牙の下に潜り込むようにしながら、もう片方の刃を振り上げた。

その突きは顎の下に突き刺さり、頭蓋《ずがい》の内側を縫って脳を破壊する。着地と共に崩れ落ちた獣はそのままに、俺は先ほど使っていた太刀へと手を掛けた。

「《生命の剣》――小太刀は回収しておけ、ルミナ」

「は、はいっ！」

金の燐光《りんこう》が漏《も》れ出す鞘に手を添《そ》えながら体を大きく捻り、射出までの距離を稼《かせ》ぐ。迫るのは一体のレッサーデーモンと、二体のスレイヴビースト。ルミナが来て、多少は恐怖も紛れたのか、あるいは慣れてきたのか――まあ、それはどちらでもいい。襲《おそ》い掛かってきてくれるなら、手間が省けるというものだ。

「シャアアアアアアアアアアアアアアアアッ！」

斬法――剛《ごう》の型、迅雷《じんらい》。

溢《あふ》れ出す金の輝《かがや》きと共に放たれたのは、回転運動の全てを伝えた居合の剛剣《ごうけん》。その一閃は黄金の輝きで横一文字の軌跡を描き、その軌道《きどう》上にいた三体の敵を真っ二つに斬り裂いた。まるで弾《はじ》けるように散る血の雨の中、頬《ほお》に付いた返り血を拭い、俺は嗤《わら》う。

全員でかかってくれれば、まだ勝ちの目もあるだろう。俺とて、この手は二本であり、今振《ふ》るう刃は一振りだ。手が足りなくなれば押し切られることもあるだろう。

だが、数で勝るはずのこいつらは、数で押すということができていない。それは、今までの様を見ていたからこそだろう。近寄ったモノから斬られるならば、近寄りたいと思う筈《はず》がない。緋真《ひさな》の奴は『異常なクオリティのＡＩのおかげ』だと言っていたが、どちらでも構うまい。敵は、俺を恐《おそ》れ足を止めている。であれば、その隙《すき》を存分に利用させて貰《もら》うだけだ。

「お父様……『キャメロット』の人たちが近づいてきます」

「ああ、気付いてるよ。全く、ようやくか」

呟き、苦笑《くしょう》する。彼らを責めることはできないだろう。連中が遅《おく》れたというより、俺が先行しすぎただけだ。

とは言え、敵陣を混乱させる仕事は十分以上に果たした自負はある。その混乱もあってか、『キャメロット』の連中は上手《うま》いこと戦場を支配し始めているようだ。

俺が切り開いた敵陣の亀裂《きれつ》に、アルトリウスが直接指揮して突撃《とつげき》し、その穴を広げる。そして、そこに自陣《じじん》の兵士《プレイヤー》たちを突入《とつにゅう》させ、前線の維持《いじ》と支援《しえん》を両立させることにより、こちらの支配圏《しはいけん》を広げていく。普通《ふつう》に考えれば数の差で押し潰されるだろうが、悪魔《あくま》共は未だに混乱の最中にあり、そしてこちらはいくらでも兵士を送り込める状況《じょうきょう》だ。アルトリウスならば、連中が正気を取り戻すよりも早く大勢を決するだろう。

であれば――

「さあ、ルミナ。ここからが本番だ」

「……何をするつもりですか？」

「決まってるだろう？」

敵陣《てきじん》の内部にまで踏み込んだ。先ほど大きく跳躍した際に、この戦場の陣容《じんよう》もある程度は把握できている。向かうべき道筋は、既に見えているのだ。

「――大将首は俺のモノだ。この敵陣、完全に真っ二つにしてやるとしよう」

第九章　戦端《せんたん》開くは剣鬼《けんき》の咆哮《ほうこう》　その3

「ルミナ、あちらの方角だ。全力で光の魔法を放て」

「分かりました、お父様」

俺の言葉に頷《うなず》き、ルミナは前方へと向けて掌《てのひら》を構える。そこに集束するのは眩《まばゆ》い光。光の粒子《りゅうし》が螺旋《らせん》を描くようにしながらルミナの掌へと集まっていき――それは次の瞬間、眩い光芒《こうぼう》と化していた。先ほどデーモンナイトが放った闇の砲撃、それを上回る威力で発せられた光の砲撃は、俺の指し示した方角へと突き刺さり、そこにいる悪魔たちを飲み込んでゆく。一撃で殺しきれるかどうかは知らないが、それでも悪魔共にとっては痛打となったことだろう。

「行くぞ、追い付いてこい」

「いいえ、付いていきます！」

歩法――烈震《れっしん》。

ルミナの魔法によってこじ開けられた敵陣へ、最大速度を以《もっ》て突入する。どうやら目的地まで到達できるわけではないようだが、それでも十分に距離《きょり》は稼げた。レベルの低いレッサーデーモンは、今の魔法のみでも倒し切れたようであるし、生きている悪魔もすぐには動けないだろう。

前傾《ぜんけい》姿勢で駆ける俺に、ルミナが追随《ついずい》してくる気配を感じる。ルミナは烈震を覚えたばかりであり、その習熟度は決して高いとは言えない。体重差もあり、体重を推進力に変える烈震では、本来であれば俺に付いてこられるはずがないのだ。だが、ルミナは俺の後ろにぴったりと付き、遅れることなく疾走《しっそう》している。

（ほう……面白《おもしろ》い使い方だな）

そのルミナの背中には、光の紋様《もんよう》によって描かれた翼《つばさ》が展開されていた。《光翼》――ルミナの持つ、飛行のためのスキルだ。それを利用することにより、ルミナはバランスを維持しながら推進力を得ているのだろう。外付けの推進装置となると、それはそれでバランスを保つのが難しそうではあるが、種族的に感覚で分かるのだろうか。

ともあれ、こちらのスピードに付いてこられるのであれば、それに越したことはない。小さく笑《え》みを浮《う》かべ――道を塞《ふさ》ぐように立ち上がった悪魔へと、刃を振るった。

「《収奪の剣》ッ！」

袈裟懸《けさが》けに振り下ろした刃は、黒い靄《もや》を纏《まと》ってレッサーデーモンの身を斬《き》り裂く。ルミナの魔法で削《けず》られていたためか、急所を狙《ねら》わずともその一撃で絶命したらしい。

ルミナは俺の隣《となり》を通り抜《ぬ》け、隣にいたスレイヴビーストへと穿牙を放っていた。光を纏うルミナの刀は、スピードもあってか見事にその身を穿ち、刀身から撃《う》ち出した光で蹂躙《じゅうりん》する。純粋《じゅんすい》な威力のみで言えば、あちらの方が上かもしれないな。

「突きはあまり多用するなよ。それで戦いが終わるならまだしも、ここじゃ他にも敵がいるからな」

「了解《りょうかい》です……っ！」

突きの攻撃《こうげき》は、突き刺し、引き抜くという手順が必要となる。そのため、どうしても足が止まってしまうのだ。鎧《よろい》を纏った相手に対して効果的ではあるのだが、やはり動きが止まってしまうことだけはいただけない。突きの攻撃を行う時は、自分が攻撃を受けない状況でなくてはならないのだ。

「チェイリャアアアアアアアアアアアアアアッ！」

猿叫と共に殺気を放ち、相手の身を硬直《こうちょく》させて首を薙ぐ。緑の血が弾け、首が刎《は》ね飛び――その血が地に落ちるよりも早く、前へと踏《ふ》み出す。刹那、突如として空中に発生した岩塊《がんかい》がこちらへと飛来するが、それに対し俺は即座《そくざ》にスキルを発動させた。

「《斬魔の剣》！」

飛来した岩塊に青い光を纏う刃を振るえば、まるでバターを斬り裂いたかのように真っ二つとなり、消滅《しょうめつ》する。こういった物理的な攻撃を行う魔法であっても、《斬魔の剣》ならば消滅させることができる。これが無ければ魔法に対する対抗《たいこう》手段は持ちえなかったであろうし、本当にいい拾い物だった。

歩法──縮地《しゅくち》。

今の魔法を放ってきたレッサーデーモンへと肉薄し、左の掌底でその顎をかち上げる。そして仰け反った相手の鳩尾《みぞおち》へと蹴りを叩《たた》き込み、後方へとたたらを踏んだ悪魔の首を太刀《たち》で薙いだ。更に血を噴き出す悪魔の肩に乗り、そのまま跳躍。その先にいた悪魔の頭の上へと着地する。

歩法──渡風《わたりかぜ》。

頭上というものは、基本的に迎撃しづらい位置である。相手の肩の上や頭の上、そこを一瞬《いっしゅん》の足場としながら跳躍を繰《く》り返し、その離脱《りだつ》の瞬間《しゅんかん》に相手の首を裂いてゆく。噴水《ふんすい》のように噴き上がる血が道筋となり、奇妙なオブジェのように道を彩《いろど》っていたが──ルミナは翼を広げて上空から付いてくることにしたようだ。まあ、あまり高く飛びすぎると飛び道具による攻撃を受けるからか、俺と同じ高さ程度であったようだが。

（さて、方向は合っているはずだが──）

渡風は、元々敵が密集している場所でなければ使えない業だ。俺ならば多少離《はな》れていても扱えるが、それでも精々三メートルほどが限度。つまり、先程までよりも敵の密度が上がってきているのだ。やはり、先程見た方角で間違《まちが》いはなかったようだ。であれば、果たしてあとどれほどの距離で目的地に辿《たど》り着くのか。

——俺の耳にその声が届いたのは、そんなことを考えていた瞬間だった。

「——一体どうなっている！　何だあの化け物は、聞いていないぞ！」

その声を聞き、俺は口角を大きく歪めた。

先ほどからも、人の言葉を話すのはデーモンナイトといった上位の悪魔の身であることは分かっている。であれば——大将首がある可能性は、非常に高い。

「見つけたァァアアアアアアアアアアッ！」

足場にした悪魔の頭部を踏み潰し、俺は宙を駆ける。その声に反応してか、悪魔共もすぐさま反応し、奥にいた巨体のレッサーデーモンが道を塞ぐように立ち塞がっていた。どうやら、俺の殺気の只中であろうとも動くことができる個体であるようだ。

それを目にして、俺は笑みと共にその手前の悪魔の頭に手を当て、その首を全体重をかけることで捩じり切った。そして血の滴《したた》る首を蹴り上げてレッサーデーモンの顔面へと投《とう》擲《てき》し、俺はその間に奴《やつ》の股下《またした》をスライディングで潜《くぐ》り抜ける。直後、この悪魔が軸足《じくあし》としている右足のアキレス腱を斬り裂き――片膝《かたひざ》を突いた悪魔に背中を向けたまま、俺は逆手に持った太刀をその背中へと突き刺した。正確に心臓部を貫き、そして抉る。刃を抜き取れば、巨体の悪魔は血を噴き出しながら倒れ……俺は血振りをしながら太刀を順手へと持ち替《か》える。

「さぁて――」

そして改めて、その先を――少しだけスペースの開かれた状態となっているエリアに視線を向ける。その場にいたのは、三体の悪魔だ。デーモンナイトが二体、そして――人間と殆《ほとん》ど変わらぬ姿をした悪魔が一体。後は、そいつらが連れていた馬のスレイヴビーストがいるが、こいつらはこの悪魔共が騎馬《きば》として使っているものだろう。乗っていようがいまいが、俺にとっては大差ない。久遠神通流《くどうじんつうりゅう》には対馬上戦闘《せんとう》の心得もあるのだ。

「ようやく見つけたぞ、猿山《さるやま》の大将が……」

「貴様……この陣を、我らの軍勢を潜り抜けてきたとでも言うのか!?」

「見ればわかるだろう。しかし、陣とはまた面白い冗談《じょうだん》だ。適当に集めて陣形《じんけい》も何もない烏《う》合《ごう》の衆の分際で、軍事侵略《しんりゃく》のつもりとは片腹痛い」

袖口で刃を拭い、俺は嗤う。

殺気は一部も衰《おとろ》えさせぬまま睥睨すれば、その悪魔は引き攣《つ》ったように息を飲んでいた。

その姿は、軍服を纏ったような優男《やさおとこ》だ。腰にはサーベルを佩《は》いており、見た目からもそれほどパワータイプではないことは窺《うかが》える。

「畜生《ちくしょう》の首とは言え、ここでは功名に違《ちが》いあるまい。その首、久遠神通流のクオンが貰い受ける」

「ッ……ほざいたな、人間風情《ふぜい》が！　デーモンナイト達《たち》よ！」

その悪魔の声に従い、控《ひか》えていた二体のデーモンナイト達が前に進み出る。

剣《けん》と槍を持ったデーモンナイトが一体ずつ。普段であれば多少楽しませて貰う所だが、最早《もはや》前座は腹いっぱいだ。大して面白くもない相手に割《さ》いている時間はない。

「ルミナ、剣の方はお前にくれてやる。練習相手にしてやれ」

「分かりました。お父様は――」

「槍の方を片付けて、あの悪魔の相手をする。言っておくが、あまり時間をかけすぎるなよ？」

その言葉に、ルミナは小さく笑いながら頷き――光の翼を広げて、剣のデーモンナイトへと突進《とっしん》していった。

八相の構えから振り下ろされた一閃と、向こうの黒い剣が衝突し、火花を散らす。これまでの相手よりも少々強くはあるが、今のルミナならば問題はなかろう。少し距離を空けて戦うルミナの姿に頷きつつ、俺もまた地を蹴った。

歩法──縮地《しゅくち》。

正眼に構えた太刀を相手へと向け──そのまま、俺《おれ》は体を揺《ゆ》らさずに相手の目の前まで移動した。一瞬で目の前に移動してきたように見えたのだろう、デーモンナイトは驚愕した様子で、しかし即座に反応して槍を突き出し──

「──《生命の剣》」

斬法──柔の型、流水・渡舟《わたしぶね》。

俺は太刀で槍の一閃《いっせん》の軌道を逸《そ》らし、そのまま槍の柄の上を滑らせつつ一閃を放った。

相手が長柄《ながえ》の武器を使った際に用いられる、流水の派生形。相手の攻撃に合わせて防御《ぼうぎょ》と攻撃を同時に行うことにより、反撃《はんげき》を許さずに首を断《た》つ一閃だ。

俺の一撃《いちげき》は槍の途中《とちゅう》から跳《は》ね上がるように軌道を変え、その喉元へと食い込み、一閃にて首を断ち斬る。緑の血が噴水のように噴き上がり、一拍遅《ぱくおく》れて、デーモンナイトの体は崩れ落ちていた。

俺はただの一合で刎ね飛んだデーモンナイトの首には頓着《とんちゃく》せず、目の前の悪魔へと集中する。悪魔は、苦々しげな表情で俺のことを見つめ──ふと気付いたように、その目を見開いていた。

「貴様……そうか、貴様があの方の言っていた人間か」

「あの方、ねぇ……そいつは、あの赤毛の女悪魔のことか」

ロムペリアと名乗った、あの伯爵《はくしゃく》級の悪魔。奴がどれほどの実力を持っているのかは定かではないが、目の前にいるこの悪魔は、奴とは比較《ひかく》にならぬほど格下だろう。この悪魔からは、ロムペリアから感じたような刺すほどの重圧を感じない。適当な目算ではあるが、ゲリュオンとそう変わらない程度の格だろう。

であれば――

「ロムペリア様の顔に泥《どろ》を塗《ぬ》った人間……いいだろう、貴様はこの私が、直々に息の根を止めてくれる」

「はっ、飼い主のツラの色を窺わにゃならん木っ端《こっぱ》悪魔《あくま》か。戦の作法も知らんのなら、顔を洗って出直してきた方がいいぞ。それとも、ご主人様に泣きつくか？」

碌《ろく》な指揮能力も持たないくせに、この俺と、アルトリウスのいる場所に攻《せ》めてきたのだ。最初から勝ち目などある筈がない。この悪魔さえ仕留めれば、後はただの消化試合だ。

あの冷酷《れいこく》な面をしたロムペリアがどのような反応をするのかは知らないが――どちらにせよ、この悪魔にとって都合の良い展開などもはや存在はしない。

「物足りない首だが、勝鬨《かちどき》を上げるにはちょうどいい。名乗りな、悪魔。その名を、この戦場の敗者として刻んでやろう」

「……安い言葉だ。だが、いいだろう！　我《わ》が名はヴェイロン！　男爵級《だんしやく》１０２位の悪魔である！　貴様の首を、ロムペリア様への手土産《てみやげ》としてくれるわ！」

悪魔――ヴェイロンは、サーベルを抜き放ち、堂々とそう宣言する。どうやら、優男の見た目の割にはなかなかの脳筋であるらしい。まあ、あんな数で押《お》す戦法しか取れていなかった時点で、その辺りはお察しというものだが。

俺は太刀を正眼に構え、整息する。若干《じやつかん》収まっていた殺意を研《と》ぎ澄《す》ませ、自らの集中力をさらに高める。鬼哭《きこく》はまだ維持している。その鋭《するど》い殺気に、ヴェイロンは僅《わず》かに怯《ひる》んだように身じろぎしていた。だが、それでも決定的な隙までは見せない。男爵級とは言え、その程度の胆力《たんりよく》はあるようだ。

小さく笑みを浮かべ――俺は、地を蹴《け》る。

歩法――縮地。

「しッ！」

「ぬぅっ⁉」

振り下ろした一閃に、しかしヴェイロンは即座に反応して後退する。素早《すばや》い反応だ。今までの悪魔たちの中には、ここまでの反応を見せた者はいなかった。

成《な》る程《ほど》、どうやら――

「くく……少しは楽しめそうだな」

小さく笑みを浮かべ、俺は再び刃《やいば》を振るったのだった。

第十章　戦端《せんたん》開くは剣鬼《けんき》の咆哮《ほうこう》　その4

刃と刃が重なり、火花を散らす。その一撃を逸らし、しかし返す一撃は空を斬っていた。俺が一閃を放った時には、ヴェイロンは既に後方へと移動していたのだ。どうやらこの悪魔、機動力に秀《ひい》でたタイプであるようだ。

「ふはははっ！　どうした人間！　遅《おそ》い、遅いぞ！」

「……」

背後にまで回り込んできたヴェイロンの一撃を半身になって回避し、緩《ゆる》く刃を振るう。しかし、相手の攻撃に合わせたカウンターであるにもかかわらず、この悪魔は即座に反応してみせた。単純に足が速いだけではなく、反応速度そのものも速い。成る程、爵位《しゃくい》持ちの悪魔というだけはある、中々に厄介《やっかい》な性質を持っているようだ。

思えば、以前戦ったゲリュオンはどちらかというと魔法使《まほうつか》いタイプ、しかも研究者に近い存在であったように思える。あちらは直接戦闘のタイプではなかったため、ああも容易《たやす》く屠《ほふ》ることができたのだろう。

(足止めか、迎撃《げいげき》か──複数人《パーティ》で戦うならば、誰《だれ》かが受け持って足を止めさせ、タイミングを合わせて攻撃といった所か)

無論、一人で戦っている俺には取れる選択肢《せんたくし》は少ない。袈裟懸けの一撃を受け流し、返す一撃を半歩後退して回避しつつ、俺は敵を分析《ぶんせき》する。確かに速く、厄介な敵だ。だが、そのスピードそのものには何らかのカラクリがあるように思える。

更《さら》に言えば、剣術《けんじゅつ》そのものはお粗末《そまつ》もいい所だ。そのスピードによって俺からの反撃に対処しているが、こいつはスピードを利用して斬りかかり、即座に離脱しているだけなのである。ヒットアンドアウェイであるため有効ではあるのだが、そのスピードを生かしてひたすら剣戟《けんげき》を重ねられた方がこちらとしては面倒《めんどう》だった。

「手も足も出ないか！　大口を叩くばかりで、大したことはないではないか！」

「はぁ……」

砂塵《さじん》を巻き上げながら駆けまわるヴェイロンの台詞《せりふ》に嘆息《たんそく》する。

その異様なスピードのカラクリは、恐らくあの足に展開されている風の渦《うず》のような魔法だろう。詳《くわ》しい効果は分からないが、普通に走るよりも明らかに強く砂埃《すなぼこり》を巻き上げている。アレによって走るスピードを増している可能性は高い。

(《斬魔の剣》であれを斬るか？　できなくはないが……また展開されれば同じことか。

であれば――）

首を狙ってきた一撃に、俺は軽く息を吐《は》き出しながら左腕《ひだりうで》を掲《かか》げる。足元から軽く体を回転させ、フレイルのように遠心力を与《あた》えた拳《こぶし》の甲《こう》を、迫りくるサーベルへと合わせ――そのインパクトの瞬間に、強く拳を握《にぎ》り込んだ。

打法――鏡乱《きょうらん》。

ガギン、という強い音と共に、拳に僅かな痺《しび》れが走る。そしてその瞬間、サーベルは大きく跳ね返され、ヴェイロンは右腕《みぎうで》から仰け反るように体勢を崩《くず》していた。

「な――」

「――《生命の剣》！」

右手の太刀が黄金の燐光を纏う。そのまま振り抜いた一閃はヴェイロンの脇腹《わきばら》へと吸い込まれ――体勢を崩しながらも後方へと跳躍《ちょうやく》したことにより、奴の腹を少し裂《さ》いただけに終わった。体勢を崩しているため追撃《ついげき》したい所であるが、流石に十メートルも開けられると攻撃が届かない。俺は眉根《まゆね》を寄せつつ軽く左手を振り、ヴェイロンへと半眼を向けたまま声を上げた。

「悪魔というのは能力にかまけた愚《おろ》か者《もの》しかいないのか？　攻め方も剣の扱いも……雑にも程《ほど》があるというものだ」

確かに、この悪魔は速い。だが、それだけだ。力もなければ、技術もない。攻撃を跳ね返す鏡乱で、あれほど体勢を崩していたのが何よりの証拠《しようこ》だ。たとえルミナであったとしても、あそこまで体を仰け反らせるようなことはなかっただろう。

まあ、所詮《しよせん》は男爵級の更に下位ということか。まだまだ、この程度では納得《なつとく》できる相手であるとは言い難《がた》い。

「ルミナの方も終わりそうだしな。そろそろ様子見も終わりにしてやろう」

「手も足も出ぬ分際で――吠《ほ》えたな、人間ッ！」

怒《いか》りの咆哮と共に、ヴェイロンが駆ける。やはり速い、が――それでも、動きが直線的過ぎる。そんなものは銃弾《じゆうだん》と大差ないだろう。出始めさえ見えていれば幾《いく》らでも対処が可能だ。

斬法――柔の型、流水《りゆうすい》。

ヴェイロンが放った一閃を受け流し、そのまま斜《なな》め後方へと流す。方向を逸らされたヴェイロンは、踏み出す位置をずらされたことによってバランスを崩し、勢い良く地面を転がっていた。太刀の峰《みね》で軽く肩を叩きながらそれを見送り、失笑《しつしよう》を交えた言葉を吐き出す。

「そういう貴様は口ばかりが出るようだな。もう少し手と足を出してくれてもいいんだぞ？」

「ッ――人間がああああああッ！」

またも直線的に突っ込んできたヴェイロンを受け流しつつ、俺はルミナの方の様子を観察する。黄金の光を振り撒《ま》きながら駆ける彼女《かのじょ》は、デーモンナイトを相手に互角《ごかく》の戦いを繰り広げていた。今のルミナは、剣術の基礎《きそ》に沿った実に堅実《けんじつ》な動きでデーモンナイトに対処しているようだ。

斬りかかってきた相手の攻撃を流水で受け流し、そこに反撃の一撃を入れる。肉体そのものに装甲《そうこう》を纏っているデーモンナイト相手には、それだけでは有効打とはなっていない様子だ。だがそれでも、光を纏うルミナの刀は、確実に悪魔に対してダメージを蓄積《ちくせき》させている。それが分かっているのだろう、ルミナは今の堅実な攻めを崩すことなく、逆にデーモンナイトは徐々《じょじょ》に焦《あせ》りを募《つの》らせている様子であった。

「もうあまり時間はかからんか。ならば――」

斬法――柔の型、筋裂《すじさき》。

再び突撃してくるヴェイロンの動きを読み取り、俺は回避と同時に刃を置く。紙一重《かみひとえ》の回避に反応しきれなかったのか、ヴェイロンは僅かに身を反《そ》らせるも、自ら刃に触《ふ》れてその身に傷を刻んでいた。

切っ先を向ける時間はないが、それでも傷を与えるだけならば十分だ。

「ぐっ……馬鹿《ばか》な、何故《なぜ》反応できる⁉」

「見えているからに決まってるだろうが」

こちとら、銃弾の飛び交《か》う戦場を渡《わた》り歩いてきたのだ。弾丸《だんがん》の雨を回避することに比べれば、この程度は造作もない。

俺は向かってくるヴェイロンの動きを確実に見切りながら、それに合わせて筋裂で奴の足を重点的に狙っていた。対応できることはできるが、それでも厄介な速さだ。少しでも削《そ》ぎ落としておくに越したことはない。流石《さすが》に、この速さの相手に必殺の一撃を決めるのは中々に面倒だからだ。

「ふざけるな……人間が私の速さに追いつくなど、あり得るものかッ！」

「せめて当ててから言うことだな。そら、ここにいるぞ？」

俺はひらひらと腕《うで》を広げ、ヴェイロンを挑発《ちょうはつ》する。

元より激昂《げきこう》していた奴はそれに耐《た》えられるはずもなく、喚《わめ》きながらサーベルを振り上げ、こちらへと疾走を開始していた。だが、先程からの筋裂の傷により、僅かながら動きが鈍《にぶ》っている。足を重点的に傷つけられ、その痛みが奴の動きを阻害《そがい》しているのだ。これまでの様子から観察するに、ヴェイロンの攻撃は、殆どが振り下ろしと突《つ》きの二択《たく》だ。突きに関して回避は楽だが反撃はしづらい。だが、それが袈裟懸けの一閃であるならば――

「――頃合《ころあ》いだ、それを待っていたぞ」

斬法――柔の型、流水・逆咬《さかがみ》。

ヴェイロンの攻撃に合わせて振るった俺の一閃は、その攻撃に合流し――その軌道を変えて上段へと跳ね上がる。その急激なベクトルの反転に耐え切れず、ヴェイロンの手にあったサーベルは、空高く弾《はじ》き飛ばされていた。

突然《とつぜん》手の中から消えた武器に、ヴェイロンは呆然《ぼうぜん》と硬直する。そして――その一瞬こそが、俺の待ち望んでいた瞬間だった。

「オオオオオオオオオオオオオオオオオオオオッ！」

「――――っ⁉」

間近で放たれた殺気に、ヴェイロンは更に硬直する。その瞬間、俺は奴の足元へと強く右足を踏み込んだ。刹那《せつな》、爆発《ばくはつ》のような音と共に、踏み込んだ足元が爆《は》ぜ割れる。その衝《しょう》撃《げき》によってヴェイロンは体勢を崩し――そこに、踏み込みの力の全《すべ》てを込めた一閃を叩き付けていた。

斬法――剛の型、白輝《びゃつき》。

それは神速の速太刀。相手の体勢を崩したところに放つ、回避不能の一閃。故《ゆえ》にこそ、これは実戦的に使える術理の内、最強と名高い久遠神通流《くどうじんつうりゅう》にとっての切り札の一つ。その一撃は、反応の間すら許さず、ヴェイロンの肩口《かたぐち》へと叩き付けられ――その身を、斜めに両断していた。

「か……ッ⁉」

その名の通り、閃光《せんこう》とも称《しょう》される一太刀《ひとたち》。流派によっては『雲耀《うんよう》』とも名付けられる一撃だ。その一撃を振り切り、俺は静かに残心を取った。ヴェイロンは目を見開き、その口から緑の血を溢れさせ――ゆっくりと、斜めにずれながらその場に崩れ落ちる。

どうやらまだ息はあるようだが、体を真っ二つにされてまで生きていられるような生物ではないらしい。

「貴様程度には惜《お》しい業だが……折角《せっかく》の合戦だ、派手な術理も悪くはない」

「く……か、は……！」

「軽い首だが、これで終《しま》いだ」

肩《かた》から脇腹にかけて両断されたヴェイロンの上半身へと近づき、その首へと刃を振り下ろす。最早《もはや》抵抗《ていこう》の余地はなく、その首はあっさりと斬り飛ばされていた。

地面を転がった悪魔の首級は、しかし俺が掴《つか》み取る前に、黒い塵《ちり》となって崩壊《ほうかい》する。それは残った体も同様であり、こいつを倒《たお》した証《あかし》がその場に残ることはなかった。

だが――

『男爵級悪魔ヴェイロンが、プレイヤー【クオン】によって討伐《とうばつ》されました』

『一定範囲内《はんいない》の悪魔の軍勢が弱体化します』

　どうやら、指揮している悪魔を倒すとその周囲の軍勢が弱体化するようだ。あの悪魔、指揮らしい指揮など何もやっていなかったような気がするのだが――まあ、それもシステム的な話ということか。

　その弱体化の効果もあってか、動きの鈍ったデーモンナイトは、その一瞬でルミナによって斬り裂かれていた。多少手傷は負っているが、ほぼ完勝。戦場の中での戦果としては、中々のものであると言えるだろう。尤《もっと》も、久遠神通流としては、敵は一撃で殺せているべきなのだが……流石に相手が悪いか。

　俺は小さく笑い――太刀を大きく頭上へと振り上げ、宣言した。

「敵将ヴェイロン、このクオンが討《う》ち取った！」

　俺の声は、インフォメーションを証明するかのように響《ひび》き渡り――少し離れた場所から、『キャメロット』の連中と思われる歓声《かんせい》が巻き起こる。

　さて、功名首を狙ってきてくれればいいのだが、周囲の悪魔共はやはりこちらを狙おうとはしていない様子だ。そろそろ鬼哭の効果も切れてきているのだが、悪魔共は未《いま》だに俺に対して恐怖《きょうふ》を抱《いだ》いているらしい。一体どんなAIを作ったらそんな感情まで再現できるのか、と言いたいが……足を鈍らせてくれるのなら、それはそれで好都合だ。

「さて、ルミナ。ここからは掃討戦《そうとうせん》だぞ？」

「獲物《えもの》は選《よ》り取り見取り、ということですね」

「最早挙げるに相応《ふさわ》しい首も無いだろう。後は、徹底的《てっていてき》に狩《か》り尽《つ》くすだけだ」

どうやら、ルミナも中々に戦場の空気に馴染《なじ》んできたようだ。くつくつと笑いながら、俺は太刀を肩に担《かつ》ぐ。

さて、先《ま》ずは――

「一度、アルトリウスに挨拶《あいさつ》をしに行くとするか。来た道を戻《もど》るぞ」

「今度は隣で戦わせてくださいい、お父様。急ぐ道ではありませんよね？」

「くくく。いいとも、しっかりと見ていくといい」

勉強熱心なルミナの言葉に、俺は上機嫌《じょうきげん》に頷く。さて、戦が終わるまでにどれだけの相手を斬れるか――一つ、挑戦《ちょうせん》といくか。

「目指せ四桁《けた》、一騎《いっき》当千《とうせん》ってか。さぁて――続きも楽しませて貰うとしようか」

第十一章　戦端《せんたん》開くは剣鬼《けんき》の咆哮《ほうこう》　その5

目についた敵を片っ端《かたっぱし》から斬り殺しながら前へと進む。

ヴェイロンを討ち取ったことで周囲の悪魔共が弱体化したことは紛《まぎ》れもない事実のようで、数が多くとも倒すことに苦労はしなかった。どうやら、動きの積極性が前よりも低くなっているようなのだ。

鬼哭のせいで元々あまり動いてはこなかったのだが、それでもある程度はこちらに攻撃してくる敵も存在していた。しかし今ではそれもない。これは弱体化というより、正確に言うなら士気の低下なのかもしれない。大した実力はなかったとはいえ、仮にも爵位持ちの悪魔。その実力に対する信頼《しんらい》はあったということだろうか。

「しッ、やあああっ！」

どちらかというと、俺よりはルミナの方に仕掛《しか》けようとする悪魔が多いが、今のルミナならば十分に対応できる範囲《はんい》だ。

あまりにも多くの敵が群がりそうになった場合には俺も対処しているが、ルミナは魔法も使えるため、それほど問題にはなっていない様子である。及《およ》び腰《ごし》になっている悪魔に肉《にく》薄《はく》してその首を刎ね飛ばしつつ、残った体を後方へと蹴り飛ばす。その体が衝突《しょうとつ》して動きを止めた二体のレッサーデーモンを《生命の剣》で両断し――緑の血が飛び散る向こう側に、見覚えのある銀の鎧姿が目に入った。
あれは――

「デューラックか！」

「おお、クオン殿《どの》！　ようやく追い付きましたね」

そこに立っていたのは、『キャメロット』の一員である部隊長の一人、デューラックだった。周囲に悪魔共の死体を撒き散らしながら、彼《かれ》の纏う銀の鎧には一切《いっさい》の曇《くも》りが無い。どうやら見込んでいた通り、彼もそれなりの実力者であるようだ。

内心でそう感心していると、デューラックはその顔に苦笑の表情を浮かべていた。

「いやはや……まさか、爵位悪魔《しゃくいあくま》まで一気に倒されるとは」

「宣言した通りだろう？」

「ははは、そうでしたね。流石は、久遠神通流《くどうじんつうりゅう》の使い手ですか」

穏《おだ》やかに言葉を交わしながらも、俺たちの手は淀《よど》みなく動く。

横薙《よこな》ぎに放った一閃にて悪魔を斬り裂き、返す一閃がスレイヴビーストを斬り伏《ふ》せる。

怯んだその相手へと踵《かかと》を撃ち込んで背骨をへし折りつつ、そこから跳躍して悪魔に接近、頭上からの一閃にて深く斬り裂いた。直後、その手応《てごた》えに、俺は思わず眉根を寄せる。

「チッ、こいつもそろそろ限界か」

フィノから購入《こうにゅう》したばかりである、白鋼の太刀。今回の戦闘ではこいつを多用してきたのだが、流石に耐久力《たいきゅうりょく》の限界が近づいてきたようだ。あと数度、敵を斬れば折れるか曲がるか……そのような微細《びさい》な手応えまで再現していることに驚《おどろ》きつつも、俺は一度後方に跳躍して太刀を拭《ぬぐ》った。おかげで白い羽織はすっかりと血に塗《まみ》れてしまっているが、一度インベントリに入れ直せば汚《よご》れは落ちる。いちいち洗わずに済むのは便利なものだ。かつてもこれがあれば、日々血を浴びることに悩《なや》まずに済んだだろう。

そんな益体《やくたい》もないことを考えつつ太刀を納刀し、二振《ふ》りの小太刀《こだち》を抜く。もう一振りの、蟻酸《ぎさん》鋼の太刀を使ってもいいのだが、まずはある程度使ってある小太刀の方を使っておくべきだと判断したためだ。今は太刀の攻撃力《こうげきりょく》がなくても十分殺せる敵ばかりであるし、こちらでも問題はないだろう。

ちなみにだが、ルミナの刀は既《すで》に二振り目だ。魔法を上手《うま》く使ってはいるものの、やはり消耗《しょうもう》は避《さ》けられない様子である。

「ほう、器用なものですね、クオン殿」

「何、こっちは大道芸みたいなもんだ」

リーチが短いため、悪魔《あくま》の群れの中へと飛び込みながら手あたり次第《しだい》に斬り刻みつつ、デューラックの言葉にそう返す。

彼は軟派《なんぱ》な見た目とは裏腹に、中々堅実な剣術で悪魔を駆逐《くちく》し続けていた。時折水の魔法なども交えながら、隙《すき》の少ない実直な剣で悪魔たちを斬り伏せている。西洋の剣術にはあまり馴染みがないため詳しいことは言えないが、彼は今の所実力を抑《おさ》えて戦っているという印象を受ける。騎士《きし》らしい素直《すなお》でお綺麗《きれい》な剣術というわけではない。戦場で磨《みが》かれた、効率と生存を突き詰《つ》めたかのような動きである。一体何処《どこ》でそんなものを学んだのか、少々気になるところではあるが、その辺りの話題は藪蛇《やぶへび》だろう。こちらもあまり明かしたくはない内容も多いのだ。

「っと――済みません、クオン殿。一度マスターの所に来ていただいてもよろしいですか？」

「うん？　アルトリウスの所にか。何か用でもあるのか？」

「少し話をする程度ですがね。よろしいですか？」

「ふむ……まあいいだろう」

近くにいた敵はあらかた狩り尽くしてしまった。既に『キャメロット』の軍勢に近づいてきていることもあり、敵の数は少なくなってきている。この状況《じようきよう》ならば、多少時間を割いても問題はないだろう。

「分かった、案内してくれ。ルミナ、行くぞ」

「承知しました、お父様」

目の前の敵を倒して戻ってきたルミナに頷《うなず》きつつ、俺はデューラックの後に続いて『キャメロット』の前線へと移動する。と言っても、部隊長である彼がこの位置にいたのだ。前線指揮をしているアルトリウスがいる場所もすぐそこだ。

案の定、一分と経《た》たないうちに、俺の視界には見覚えのある青年の姿が映っていた。

「マスター、クオン殿をお連れしました」

「ありがとう、デューラック。それと、大戦果おめでとうございます、クオンさん」

「大戦果と呼ぶには、少々興醒《きようざ》めな相手だったがな。それで、何の話だ？」

俺が切り開いた敵陣《てきじん》を鋒矢《ほうし》の陣で進み、押し広げた亀裂《きれつ》に自軍の戦力を流し込むことで蹂躙しているアルトリウスは、俺の姿を目にして楽しそうに笑みを浮かべていた。成る程、俺の動きを上手く利用する形で自陣の影響範囲《えいきようはんい》を広げ、効率的に敵を狩っているようだ。

先ほどはちらりと見ただけであったが、どうやら接敵する場所には防御力《ぼうぎよりよく》の高いディーンの部隊のメンバーを配置し、その傍《そば》でデューラックの部隊のメンバーが敵を駆逐。そして、その内側から魔法や矢による攻撃で敵の数を減らしているようだ。壁役《かべやく》が要となるが、そこが崩れない限りは効率的に敵陣へとダメージを与えることができるだろう。

状況に応じて壁の数や支援《しえん》の量を指示していたらしいアルトリウスは、しかしそれを当然のようにハンドサインでこなしながら、俺との会話を続けていた。

「今後の状況変化の話です。この戦場の大勢は決しましたから、もうしばらくしたら掃討戦も完了《かんりょう》するでしょう」

「だろうな。アンタたちはどうするつもりだ？」

「基本的には残党狩りですね。他のクランからは、支援要請《ようせい》がない限りは動けませんから

……それ以外であれば話は別ですがね」

「……何か企《たくら》んでいるようだな。まあいいが、そうなると俺もやることが無くなるな」

「いいえ、それはないですよ」

もう少し楽しみたかったのだが――と続けようとしたその瞬間に挟《はさ》まれたアルトリウスの言葉に、俺は思わず眼を見開く。小さく笑《え》みを浮《う》かべたアルトリウスは、軽く手を振りながら続けていた。

「貴方《あなた》は『キャメロット』に属しているわけでもありませんし、僕《ぼく》たちとはあくまでも共闘《きょうとう》しているだけで、僕の指揮下で戦っているわけではありません。なので、別にこの東側

の戦場に縛《しば》られることもないんです」

「……その辺りのルールは聞かなかったが、いいのか？」

「聯合《れんごう》の指揮下に入っている場合は、それなりのルールが敷《し》かれています。ですが、別にクオンさんは参加の申請《しんせい》を出したわけではないでしょう？　それなのに、こちらのルールに縛ることはできませんよ」

確かに、アルトリウスが言う通り、俺は彼の傘下《さんか》として戦ったわけではない。それで自由気ままな行動ができるかと問われれば――まあできないことはないのだが、周囲の反応は少々気になるところだ。別に他人からの評価をいちいち気にすることはないのだが、それで面倒な絡《から》み方をしてくる奴が増えるのはいただけない。

しかし、そんな俺の内心は想定済みだったのか、アルトリウスは笑みと共に続けていた。

「とは言え、本当に傍若無人《ぼうじゃくぶじん》に動いたのでは気になることもあるでしょうから……少し、手は打ってありますよ」

「……一体何をした？」

「単純に、クオンさんがフリーになったことを掲示板《けいじばん》に流しただけです。恐《おそ》らくそろそろ、連絡《れんらく》が来ると思いますよ」

「連絡って、アンタな――」

そう簡単にいくものか、と言おうとした瞬間《しゅんかん》、俺の耳に場違《ばちが》いな電子音が響いていた。

これは――フレンドチャットによる通信の呼び出しだ。差出人の名はフィノになっているが、まさか今さっきの書き込みで即座《そくざ》に反応したと言うのか？

若干頬《じゃっかんほお》を引き攣らせつつ、俺は通話を開始した。

「……もしもし、フィノか？　一体何が――」

『先生さん、フリーになったんでしょ、こっち来て！　姫《ひめ》ちゃんがピンチ！』

「……何だと？」

普段《ふだん》の間延びした話し方が一切ない、緊迫《きんぱく》した様子のフィノの声に、俺は思わず眼を細める。今まで倒してきた悪魔共の戦闘能力からして、緋真《ひさな》が苦戦するような要素は囲まれて攻撃《こうげき》されるぐらいしかないだろう。そして、緋真であればその状況は当然避けて動く筈《はず》だ。だが、このフィノの様子からして、緋真が苦戦しているのは紛れもない事実なのだろう。

「何があった？」

『爵位持ちの悪魔が自ら前線に出てきた！　こっちの攻撃が全然効かなくて、姫ちゃんもダメージ与えられてない！』

「攻撃が効かない……？　馬鹿な、そんな敵がいるとは思えんぞ」

『とにかく、フリーなら早くこっちに！　お願い！』

「……分かった、少し待ってろ」

あの馬鹿弟子《ばかでし》め、一体どんな敵に引っかかっているのかは知らないが、まさか苦戦するとは。とは言え、相手は爵位級悪魔。となれば、この周囲の雑魚《ざこ》共を相手にするよりは歯ごたえのある戦いができるだろう。

俺は小さく笑みを浮かべ、アルトリウスに言葉を返した。

「……まさか、ここまで読んでいたわけじゃないだろうな？」

「いやいや、流石にそれはないですよ。僕も、緋真さんが苦戦するほどの悪魔が出てくるとは思っていませんでしたから」

「言う割には、向こうの戦場の状況を把握《はあく》しているみたいだな？」

「掲示板で話題になっていましたからね」

「その辺もリアルタイムに情報収集している、と……それは後方の連中の仕事ってわけか。まあなんにせよ……感謝する。もう少し楽しめそうだ」

俺の返答を聞き、アルトリウスは淡《あわ》く笑みを浮かべる。さて、そうと決まれば話は早い。さっさと北側に行って、緋真の様子を確かめてやるとしよう。もしも雑魚相手に苦戦していたのであれば説教をくれてやらねばなるまい。

「よし、ルミナ。お前は先に空から緋真の所へ向かえ」

「お姉様と合流して、一緒《いっしょ》に戦えばよろしいのですか？」

「そういうことだ。俺が行くまでは時間を稼《かせ》いでおけよ……別に、倒せるなら先に倒しても構わんがな」

俺が告げた言葉に、ルミナは僅かに笑みを浮かべる。その不敵な表情は、何よりも久遠神通流に馴染んできた証であろう。

さて、俺は直線距離《きょり》の移動についてはルミナよりも速い自信があるが、それでも流石に障害物がある状況では空を飛べるルミナには劣《おと》る。先に戦場に到着《とうちゃく》するには、間《ま》違《ちが》いなくルミナの方になるだろう。まあ、敵の足止めにはなるだろうし、問題はあるまい。

「よし、行くとするか……中々楽しめたぞ、アルトリウス」

「また機会があれば、共に戦いましょう、クオンさん」

言葉を交わし、俺は踵《きびす》を返す。目指すは北側の戦場。『エレノア商会』の面々が防衛線を張っている場所だ。本来であれば、王都側に戻って内部を通って行った方が早く着くだろうが、折角の戦場なのだ。ここは一直線に、最短距離で向かわせて貰《もら》うとしよう。

「ルミナ、行け」

「はい！　先に行ってお待ちしています、お父様！」

光の翼《つばさ》を広げたルミナは、そのまま北側へと飛び立ってゆく。その燐光《りんこう》の軌跡《きせき》を辿るように、俺もまた強く地を蹴り、飛び出した。

第十二章　戦端《せんたん》開くは剣鬼《けんき》の咆哮《ほうこう》　その6

「――ちぃッ！」

鈍く風を切る音に舌打ちし、緋真《ひさな》は深く身を沈《しず》めて横薙ぎの一閃《いっせん》を回避《かいひ》する　振るわれたのは、黒く染まった大剣《けん》。長大なその剣による一撃《いちげき》は、防御《ぼうぎょ》を捨てている緋真には致命《ちめい》的《てき》な一打となりかねないものだ。そんな巨大《きょだい》な剣を片手で軽々と振るっているのは、同色の鎧《よろい》や盾《たて》を装備した巨大な人影《ひとかげ》。後方へと跳躍して構えながら、緋真はその全身を改めて観察していた。

（あからさまなまでの防御型《ぼうぎょがた》。だけど本当に頑丈《がんじょう》だわ……このままじゃ拙《まず》い）

イベントが開始されてから、序盤《じょばん》は有利に戦闘《せんとう》を進めることができていた。

王都の北側を守る『エレノア商会』と『ＭＴ探索会《たんさくかい》』は、どちらも戦闘系のクランというわけではない。だが、片やその物量、片やその知識量において、紛れもなくトップを独走しているクランであった。その実力や規模は決して伊達《だて》ではなく、あらかじめ準備期間を取ることができた今回のイベントでは、過剰《かじょう》と言えるほどの防衛設備を建造して備えていたのだ。何重にも張り巡《めぐ》らされた防御柵《ぼうぎょさく》や、やりすぎなのではとまで言われたバリスタ。更にはどこから調達《ちょうたつ》してきたのかも不明な爆発物《ばくはつぶつ》やトラップなどの効果により、悪魔たちは王都に近づくことすらできていなかったのだ。

だが――

「……爵位悪魔が自分から前に出てくるなんて、不用心なんじゃないの？」

「用心の必要などなかったからな。貴様らの力では、我《わ》が盾を貫《つらぬ》くことはできぬ」

漆黒《しっこく》の全身鎧、そしてその長身と同じだけの大きさがあるのではないかという大剣と大盾。その鈍重《どんじゅう》な見た目でありながら、振るう剣や盾のスピードは凄《すさ》まじいのだ。更に、援《えん》護《ご》として飛んできている魔法も、直撃《ちょくげき》してはいるものの殆《ほとん》どダメージを与えられていない。たまに気まぐれのように盾を振るえば、その盾の表面に描《えが》かれた紋章《もんしょう》が輝《かがや》き、一瞬《いっしゅん》だけ広《こう》範囲《はんい》にバリアのようなものを展開し魔法を防いでしまうのだ。

緋真が足止めしつつ周囲の仲間たちが魔法で狙《ねら》ってはいるのだが、それでも目立ったダメージは与えられず、その前進を止めることはできていない。このままでは、この悪魔のＨＰを削《けず》り切る前に城門を破壊《はかい》されてしまうだろう。

「緋真さん、大丈夫《だいじょうぶ》⁉」

「平気です！　それよりも、他の悪魔たちを！」

城門の上から声を掛《か》けてくるエレノアに対して振り返らずにそう返し、緋真は悪魔に対して油断なく構えていた。鎧の悪魔は、柵《さく》など軽々とその大剣で破壊しながら、徐々に王都へと向かって進軍してきている。しかし、その動きを止めることはできず、有効なダメージを与えることもできていなかったのだ。

（問題はあの盾……どの攻撃にも即座に反応して受け止めているし、まるで破損する気配がない。バリスタを正面から受け止めるって何なのよ？　しかも、あの鎧も異様に頑丈だし……何とか肉薄して突きを当てられればいいんだけど）

勝ち筋はそれ以外に存在しないと、緋真はそう判断していた。だが、あの巨大な盾を掻《か》い潜《くぐ》って接近することができない。遮《さえぎ》られている視界を利用して回り込もうとしても、何故か即座に反応されてしまうのだ。いくつかの歩法を試《ため》し、不意を衝《つ》こうとしたが、それすらも受け止められてしまっていた。

「……その盾、バリアを張るだけじゃないわね。自動防御？」

「ほう？　面白《おもしろ》いことを言うな、小娘《こむすめ》。何故、この盾にそのような機能があると？」

「視線が通ってもいないのに、背後からの攻撃に反応したんだもの。貴方に、そこまでの芸当ができるとは思えないわ」

この悪魔は、確かに強力な装備を身に纏《まと》ってはいるものの、動きそのものは際立《きわだ》ったものではないと緋真は判断していた。日頃《ひごろ》、圧倒的《あっとうてき》に格上の実力を持つ師と戦っているからこそ分かる。この悪魔の基礎的《きそてき》な実力そのものは、己《おのれ》と比較《ひかく》しても明らかに劣っているのだ。それを装備で補っていることについては、別段何か言うことはない。足りないものを補うことは当然であると緋真は考える。

今はそれよりも、いかにしてその防御を攻略《こうりゃく》するかが重要だった。

「ふむ……人間の身で驚くべき実力ではあるが、伯爵《はくしゃく》閣下が口にしていた剣士《けんし》とやらは貴様ではないだろう。ヴェイロンを討ち取ったのがその剣士であるかな？」

「さあね」

伯爵という言葉に、緋真は目を細める。師が第二のボスを倒した際、伯爵級の悪魔と遭遇《そうぐう》したという話は耳にしていた。果たして、そんな強大な悪魔がこの後に出現すると言うのか。流石にそれはないだろうとは思いながらも、緋真は呼吸を整え――味方に伝えたタイミングに合わせて飛び出した。それとほぼ同時、後方の陣地《じんち》より、複数のバリスタが飛来する。

「――無駄《むだ》だッ！」

悪魔が盾を構え、その表面に刻まれた紋章が光を放つ。瞬間、周囲に張り巡らされた光の壁が、数本のバリスタを纏めて弾き返していた。

（バリアは連続しては張れない。少なくとも、クールタイムらしきものは存在する）

胸中で呟《つぶや》きながら、緋真は近くに残っていた柵を足場に跳躍する。補助スキルの《走破》により、どれほど悪い足場であろうとも、普通《ふつう》の地面のように足場として利用することができるのだ。そしてそんな緋真の足元を抜《ぬ》けていくかのように、複数の魔法《まほう》が駆《か》け抜けていった。

「甘《あま》いぞ、人間共ッ！」

しかし、その魔法たちもまた、盾の薙ぎ払《はら》いによって掻き消される。この悪魔の装備する鎧や盾は高い魔法防御《ぼうぎょ》能力まで有しており、攻撃《こうげき》魔法どころか支援《しえん》魔法ですらほとんど効果を及ぼさないのだ。しかし――

（――いくら自動防御ができても、複数個所《かしょ》の同時攻撃には対処できない！）

振り抜いた盾とは正反対の位置に着地した緋真は、即座に相手の纏う鎧の構造を確認《かくにん》、全身の回転運動を以《もっ》て相手の脇腹へと渾身《こんしん》の刺突を放っていた。

斬法――柔剛《じゅうごう》交差、穿牙《せんが》零絶《れいぜつ》。

静止状態から放たれる神速の突き。その一撃は、狙い違《たが》わず悪魔の脇腹、鎧の隙間《すきま》へと突き刺《さ》さり――しかし、貫くことなくその動きを止めていた。

「ぐ……ッ、見事！　だが――」

「っ、鎖帷子《くさりかたびら》……！」

刺突の一撃は、悪魔が鎧の下に纏っていた鎖帷子によって受け止められていたのだ。渾身の一撃を受け止められた事実に、緋真の体は一瞬だけ硬直《こうちょく》する。しかし悪魔は動き続け、右手の大剣による薙ぎ払いが迫《せま》ってきていた。

（射抜を――違う、回避、無理、流す――！）

斬法――柔《じゅう》の型、流水《りゅうすい》。

下から掬《すく》い上げるように、緋真は刀を振るう。その一閃は悪魔の大剣の腹に合流し、その軌道《きどう》を僅《わず》かながらに上へと押《お》し上げる。緋真はその下に潜《もぐ》り込むように体を逸《そ》らし――その衝撃を殺しきれず、その場から弾き飛ばされていた。

「が――ッ⁉」

地面に叩《たた》き付けられ、その衝撃に肺の中の呼気を放出させられる。その息苦しさに意識が遠くなりかけるも、緋真は咄嗟《とっさ》に地面に手を突き、体を跳《は》ね上げるようにして体を起こしていた。そして荒《あ》れる呼吸を整える暇《ひま》もなく、迫ってくる悪魔の巨体《きょたい》を目視して、緋真は思わず舌打ちする。

右手の刀が軽い。確認せずとも分かるだろう、その刀身は半ばから折れてしまっていた。緋真は即座に折れた刀を悪魔へと向けて投げつけて、自動的に反応した盾に隠《かく》れるようにば意味がない。

移動して回避する。相手に近づいてはいるが、結局の所鎖帷子を貫ける攻撃を当てなけれ

（私が使える中で可能性があるのは射抜だけ……けど、こちらの動きが一瞬《いっしゅん》止まる。相手を崩《くず》せないと意味がない）

薙ぎ払われる盾《たて》を後退しながら回避し、緋真はもう一振りの刀、蟻酸鋼の打刀を抜く。有する付与《ふよ》効果は装備の耐久度《たいきゅうど》減少ではあるが、流石にこの特殊《とくしゅ》な盾相手に効果を発揮するかは緋真としても疑問を拭いきれなかった。

迫るシールドバッシュに、緋真は後方へと大きく跳躍《ちょうやく》しようとし——その瞬間、悪魔の盾が唐突《とうとつ》に頭上へと構えられていた。その行動に疑問を抱く暇もなく、構えられた盾へと、空中から放たれた光の槍《やり》が衝突する。その瞬間、眩《まばゆ》い光が散り——同時に、緋真は手を掴まれ、後方へと運ばれていた。唐突な移動に抵抗《ていこう》しなかったのは、それが誰《だれ》であるかを理解していたからだ。

「ルミナちゃん⁉」

「はい！　ご無事ですか、緋真姉様？」

光の翼を広げた戦乙女《いくさおとめ》、師のテイムモンスターであるルミナの姿がそこにあった。彼女はそのまま、間髪容《かんはつい》れず光の砲撃《ほうげき》を悪魔へと向けて放つ。しかし、巨大な盾を地面に突き

立てるようにして構えた悪魔は、ルミナの魔法《まほう》を見事に正面から受けきっていた。

相手の体力には未だ衰《おとろ》えは見えず、ようやく体勢を立て直しながらも緋真は舌打ちする。

「助けてくれてありがとう……先生は？」

「お父様はこちらに向かっています。その前に、空を飛べる私が先行してきました」

「了解《りょうかい》……はぁ、合流したら怒《おこ》られそう」

憂鬱《ゆううつ》に嘆息《たんそく》を零《こぼ》しながらも、緋真は脳裏《のうり》で戦闘の算段を整える。この厄介《やっかい》な装備を持った悪魔が相手であろうとも、緋真は己の師が敗れるとは微塵《みじん》も考えていなかった。

彼の到着まで持ちこたえれば、この戦いは勝利できる。であれば――

「少しでも削り取るよ、ルミナちゃん」

「お任せください、緋真姉様」

緋真とルミナは揃《そろ》って頷き――左右に散開するようにしながら悪魔へと接近していた。

緋真がルミナに合わせることにより、そのタイミングは完全に同時。自然、勝手に動く盾はルミナの動きに合わせるように左側へと向けられていた。

魔法と合わせて剣戟《けんげき》を繰《く》り出すルミナであるが、攻撃は全て盾に受け止められている。

だが、それでも問題はない。盾の動きを抑えているだけでも、緋真の自由度は大きく上昇《じょうしょう》するのだから。

「ッ……！」

斬法──柔の型、流水。

振るわれた大剣を流し落とし、地面に踏《ふ》みつけながら跳躍する。体を捻《ひね》り、狙うは首元の鎧の隙間。その内側へと、緋真は刃《やいば》を振り下ろしていた。

斬法──柔の型、襲牙《しゅうが》。

振り下ろされた切っ先は──しかし、悪魔が僅かに身を反《そ》らせたことで、その鎧の首元に小さな傷を付けるに留《とど》まった。

舌打ちし、緋真は悪魔の肩を足場に後方へと跳躍する。緋真は自らの体重を乗せた今の一撃ならば、鎖帷子を貫けるかもしれないと考えていたのだが、そう簡単にはいかなかったのだ。けれど、ほんの僅かな収穫《しゅうかく》はあった。

（この刀のおかげかは分からないけど……あの鎧は、盾ほどの頑丈さはない。先生なら、何とか──）

そう判断した、瞬間だった──その叫《さけ》び声《ごえ》が、周囲に響き渡ったのは。

「オオオオオオオオオオオオオオオオオオオオオオオッ‼」

背骨に氷柱《つらら》を差し込まれたかのような寒気が、緋真の背筋を駆け上がる。それと共に、その場にいた敵も味方も、その殆どが動きを止め、戦闘行動を中断していた。その中で、ルミナはまるで知っていたかのように翼を羽ばたかせて、緋真の傍へと舞《ま》い戻る。帰ってきた彼女《かのじょ》の姿を目にし、緋真は即座に理解した。

「今のは、まさか合戦礼法……これは――」

刹那、声の響いた方向から、一体の悪魔が飛び出してきた。しかしその姿を目にして、緋真はそれが飛び出したのではなく、吹《ふ》き飛ばされたのだと理解する。

何故《なぜ》なら、その悪魔の胸には、二振りの小太刀《こだち》が柄《つか》まで突《つ》き刺さっていたからだ。

「ったく――随分《ずいぶん》と門の近くまで詰められていたな、馬鹿弟子」

その場にいた誰もが、その声の響いた方向へと視線を向ける。そして――そこにあった姿に、思わず絶句していた。

赤と緑の血を滴《したた》らせ、その白い羽織を悍《おぞ》ましい色に染め上げた男。左手には首があらぬ方向へと曲がった悪魔を引きずり、右手は今まさに腰《こし》に佩《は》いた太刀《たち》を抜き放とうとするその姿。頬《ほお》に飛んだ返り血を拭おうともせず、凶相《きょうそう》を笑みに歪《ゆが》める男は、左手の悪魔を乱雑に放《ほう》り捨てながら言い放っていた。

「さて、次の首だ。精々楽しませろよ、爵位悪魔」

第十三章 戦端《せんたん》開くは剣鬼《けんき》の咆哮《ほうこう》 その7

ようやく辿《たど》り着いた、北の戦場の中心地。そこでは、俺《おれ》が先ほど戦っていた東とはまるで異なる光景が広がっていた。幾重《いくえ》にも張られた柵や、城壁《じょうへき》に備え付けられた遠距離《えんきょり》攻撃《こうげき》用の兵器。そして、鼻につくこの臭《にお》いは火薬だろうか。エレノアの奴《やつ》は、一体何を考えているのやら。

「ま、この爵位悪魔との相性《あいしょう》は悪かったようだが」

先ほど殺した悪魔の胸から小太刀の一振りを回収し、拭って鞘《さや》に納めてから、俺はゆっくりと前に進み出る。

相対するは、黒い全身鎧と大盾、そして大剣を装備した悪魔だ。身長は二メートルを超《こ》えているだろう、その巨躯《きょく》は確かに、中々に威圧《いあつ》感《かん》のある姿であると言える。見るからに防御を固めた姿。攻撃能力の面で見るとどうしても劣るエレノアたちにとっては、厄介な相手なのだろう。とは言え——

「で、馬鹿弟子……お前、何をこんな亀野郎《かめやろう》に負けてやがる」

「いやいや、本当に厄介なんですよ、そいつ……盾が特殊な装備っぽいんです。バリア張ったり、自動でこちらの攻撃に反応したりするんですよ！」

疲《つか》れた様子ながらも必死に弁明する緋真《ひさな》の言葉に、俺は眉根《まゆね》を寄せる。成《な》る程《ほど》、確かに妙《みょう》な力を持った装備であるようだ。その言葉を肯定《こうてい》するように、黒い鎧の悪魔はくつくつと笑みを零しながら身を震《ふる》わせる。

「然《しか》り、我が盾は貴様らのいかなる攻撃も防ぐ。貴様がいかに優《すぐ》れた剣士であろうとも、この盾は斬《き》り裂《さ》けまい」

「……そういえば、お前には盾を持った相手に対する対処は教えていなかったか。現代だとあまり出番がないからな」

鎧を纏った相手に対する対処は、久遠神通流《くどうじんつうりゅう》の理念からしてどうしても避けては通れない道だ。

だが、盾の相手というのは中々限定的な状況である。優先度からも、緋真にはこちらはあまり教えていなかったのだが、それが凶《きょう》と出た形か。

軽く嘆息し、太刀で肩《かた》を叩きながら、俺は失笑《しっしょう》と共に告げた。

「ならばここで覚えていけ、二人とも。盾など、有ろうが無かろうが大差はない」

「……何だと？」

そもそも、久遠神通流は防御を固めた相手をいかに効率よく殺すかを突き詰めてきた武術だ。相手を盾の上から殺す方法も、相手の盾を利用する方法も、盾を掻い潜る方法も、存在しない筈がない。まあ、現代ではほとんど使われない術理ばかりであるため、俺もそれほど習熟しているわけではないのだが……それでも、他に応用できるものであれば十分扱《あつか》える。この悪魔が装備している盾はどうやら随分と特殊なものであるようだが、幾《いく》らでもやりようはあるというものだ。

「盾を構えて安全だと思っている奴ほど、精神的な隙は大きい。その突き方を教えてやるよ」

「言うではないか、人間。ならばこの我を――男爵《だんしやく》級64位、バーゼストを打倒《だとう》してみせよ！」

仰々《ぎようぎよう》しく宣言し、黒鎧の悪魔――バーゼストがその大剣を振りかぶる。身《み》の丈《たけ》ほどもありそうな大剣を片手で振るうその膂力《りよりよく》は、確かに高威力《いりよく》であるだろう。とは言え、握《にぎ》りが甘ければそう脅威《きようい》であるとも思えないのだが。

斬法――柔の型、流水。

振り下ろされた大剣の腹にこちらの一閃を合流させ、その軌道を逸らす。両手で振るっているならばそう簡単にはいかないだろうが、この重量を片手で支えようとすればどうしても無理が出る。その揺《ゆ》らぎを突いてやれば、攻撃を逸らすことなどそう難しくはない。

派手に地面を叩いた大剣を尻目《しりめ》に、俺はバーゼストへと接近するが――その行く手を阻《はば》むように、不自然に動いた盾が道を塞《ふさ》いでいた。

（成る程、これが自動防御とやらか）

本人の意思とは関係なく、盾が勝手に動いて攻撃を防ぐ。随分と便利なものではあるが
――同時に、何とも使えないアイテムだ。

小さく失笑しつつ、俺はその盾へと右の掌《てのひら》を触《ふ》れさせた。

打法――侵震《しんしん》。

右の掌より叩き付けられた衝撃《しょうげき》が、余すことなく漆黒の盾へと――そして、その裏側にある悪魔の左腕《ひだりうで》へと伝えられる。侵震は、元より鎧の上からその内側にある体へとダメージを与《あた》えるための術理だ。隔《へだ》てられているという意味では、鎧も盾も大差ない。むしろ、盾を保持するために密着している分、衝撃は伝えやすいのだ。

「ぐ……ッ⁉」

衝撃を受けたバーゼストは、左腕を反らせながら一歩後退する。たたらを踏んだ悪魔は、声の中に驚愕《きょうがく》を滲《にじ》ませながら構え直していた。

「何だ……貴様、今何をしたのだ⁉」

「見ての通りだが？　盾で防がれるなら、盾を貫く攻撃をすればいいだけだ」

これほど巨大な盾ならば、むしろ狙いやすいというものだ。しかも自動防御となれば、自分から盾を差し出してくれるのだ。いくらでも打ち放題、というものである。とはいえ、この盾の上から何度も侵震を打つのも効率が悪い。この盾が残っているのも面倒《めんどう》であるし、そろそろ手放して貰うとしよう。

小さく嘆息し、俺は若干腰《じゃっかんこし》の引けたバーゼストへとさらに踏み込んだ。

「ッ……オオオオオッ！」

斬法──柔の型、流水・浮羽《うきばね》。

俺を近寄らせまいとするように、その大剣を横薙ぎに振るう。俺はそれに対して更《さら》に前に出ながら、攻撃の勢いに乗るようにしてバーゼストの背後へと移動した。そして体を縮め、自動的に構えられた盾へと己の左肩《ひだりかた》を押し当てて──

打法──侵震・盾落《たておとし》。

肩からの体当たりで侵震を放ち、その直後に突き出した右手にてもう一度侵震を叩き付ける。その瞬間、盾の内側から、ゴキッという鈍《にぶ》い振動《しんどう》が響《ひび》いていた。

「ぐ、アアアアアアッ⁉」

あらぬ方向へと曲がった左腕に、悪魔は大きく悲鳴を上げる。

侵震・盾落とは、肩での体当たりと手での打撃《だげき》、その両方で侵震を放つ業だ。一度目の攻撃で相手の腕《うで》を痺《しび》れさせ、力の抜けた無防備な状態を作り出す。その直後に放つ二度目の侵震によって、力の抜けた腕の骨をへし折るのだ。侵震をある程度習熟すればできるようになる、比較的《ひかくてき》簡単な盾対策であった。

「この通り、盾を持つ腕をへし折っちまえばそれまでだ。ついでに、この阿呆《あほう》は態々《わざわざ》自分から動く盾を持ってきてくれてるんだろう？」

にやりと笑いながら、俺はバーゼストの背後へと移動しつつ刃を振るう。当然ながら、盾の自動防御が発動し、俺の一閃を受け止めるが――それはつまり、折れた腕を無理やり動かされることに他ならない。

「づッ⁉　おのれ、貴様は――！」

「そらそら、盾を手放さんと、腕が使い物にならなくなるぞ？」

幾度《いくど》となく移動しながら刃を振るい、その度に盾へと衝撃を走らせる。これだけの重量物を無理やり動かせば、折れた腕には大層響くことだろう。フルフェイスの兜《かぶと》であるためその表情は窺《うかが》えないが、苦痛に歪んでいることは想像に難《かた》くない。その痛みに耐《た》えかねたのか、バーゼストは悲鳴にも近い呻《うめ》き声《ごえ》を零しながら、振るい落とすように巨大な盾を手放していた。

「ぐっ……はぁッ、っ……やってくれたな、人間……！」

「はん、装備の力頼《だよ》りの半端者《はんぱもの》がよく言う。その剣は飾《かざ》りか？　盾が無ければ何もできないか、お前は？」

「笑止《しょうし》ッ！　我にはまだこの剣がある！　我が剛剣《ごうけん》で叩き伏《ふ》せてくれるわ！」

「剛剣ねぇ……片腹痛いにも程《ほど》がある」

斬法――柔の型、流水。

正面から放たれた一刀を受け流しつつ、俺は相手の姿を観察する。

頑強《がんきょう》な全身鎧ではあるが、動きはそれなりに軽快だ。そこは中身の身体能力の影響《えいきょう》も大きいだろうが、この鎧そのものが余り動きを阻害《そがい》しない造りであることも事実だ。つまるところ、こいつの鎧にはいくつもの隙間が存在している。それは鎧である以上仕方のないことであり、同時に俺にとっても都合のいい話であった。とはいえ――

（この音……流石《さすが》に鎖帷子《くさりかたびら》は着ているか）

返す刃を再び流水で受け流しながら、俺は僅かに視線を細める。相手が帷子を纏っているならば、選択肢《せんたくし》は二つ。剛《ごう》の型で無理やり突破《とっぱ》するか、射抜を使って貫くかだ。

ふむ……では、その両方を見せてやるとしようか。バーゼストの鎧の首元に付いた傷を見て、俺は小さく笑みを浮かべ――一度後退し、太刀を納刀した。

「な……貴様、何のつもりだ」

「思った以上に退屈《たいくつ》なんでな。少し手加減してやろう」

告げて、俺は白鋼の小太刀《こだち》を抜き放つ。ここに来るまでにかなり使用したため耐久度はそれなりに減少しているが、それでも一度の戦闘《せんとう》程度なら問題はない。雑な扱い方さえせねば、折れることはないだろう。

対するバーゼストは、俺の言葉に対して身を震わせている。どうやら、随分とプライドを傷つけたようだ。

「ッ……ならば、その細い剣ごと真っ二つにしてくれるわッ！」

怒号《どごう》を上げたバーゼストは、痛みを忘れたかのように大きく体を動かし、その大剣を大上段から振《ふ》り下ろす。俺の脳天へと落ちてくるその一閃に――俺は、小さく笑みを浮かべながら前へと出た。同時、俺は刃を横薙《な》ぎに振るう。小太刀を両手に持ち、振るった刃の柄尻《つかじり》を大剣の腹へと叩き付ける。

斬法――柔の型、流水・指削《ゆびそぎ》。

そして、軌道を反らした刃の内側へと、小太刀の刃を走らせる。その刹那《せつな》、《生命の剣》を発動し――俺の一閃は、正確に剣を握る右手の親指を斬り落としていた。

「な――ぐあああああああああっ⁉」

「狙うのは鎧の継ぎ目《つめ》だ――ま、それは言われずとも分かってるだろうがな」

ガランと音を立て、大剣が地面に転がる。反射的に右手を押さえようとしたバーゼストは、左腕を動かしたことで二重の痛みに身を硬直させていた。そして、この距離で動きを止めてくれるならば、それを狙わない理由もない。するりと肉薄《にくはく》した俺は、バーゼストの脇腹《わきばら》へと小太刀の切っ先を当て、その柄尻へと右手を突き出した。

斬法――柔の型、射抜《いぬき》。

撃《う》ち出された小太刀は鎧の下にある鎖帷子を強引《ごういん》に貫通《かんつう》し、その鋭《するど》い刃を体内へと埋《う》める。内臓を貫きダメージを与えただろうが――流石に、これだけで死ぬほど軟《やわ》ではないようだ。

「ご、が……このような、ことが……」

地面に片膝《かたひざ》を突き、だらりと両腕《りょううで》を下げた状態で呆然《ぼうぜん》と呟くバーゼスト。その姿に嘲《ちょう》笑《しょう》を浮かべながら、俺はゆっくりと太刀を抜き放った。

「さて、これで最後だ。お前たちには一つ、面白いものを見せてやろう」

「先生……?」

「よく見ておけ、緋真、ルミナ。これが、久遠神通流の求めた一つの答え――馬鹿馬鹿《ばかばか》しい術理を追い求めた先の、ある種の到達点《とうたつてん》だ」

告げて、俺は太刀を大上段へと構える。狙う場所は、膝《ひざ》を突き狙いやすい場所まで降りてきた、バーゼストの鎧の首元。そこに付けられた小さな刀傷へと向けて、俺は意識を集中させる。

斬法・奥伝《おくでん》――

――それは、あまりにも馬鹿馬鹿しい答え。

具足を纏う敵を前にして、いかに効率よくその相手を殺すか。久遠神通流が追い求めたその問いに対する答えとして、最も単純で最も難しい、一つの結論。

即《すなわ》ち――

「――その鎧ごと、叩き斬る」

――剛の型、鎧断《よろいだち》。

ギィン、と――甲高《かんだか》い金属音が、響き渡《わた》る。

俺の放った一刀は、鎧に付いていた傷へと正確に食い込み、そこから縦一直線にその鎧を両断する。漆黒の鎧には縦に斬れ込みが走り、その内側にあった鎖帷子までもを綺麗《きれい》に斬り裂く。そして――その隙間から、まるで噴水《ふんすい》のように緑の血が噴《ふ》き出した。

「――ばか、な」

噴き上がる血の中、巨体の悪魔《あくま》はゆっくりと仰向《あおむ》けに倒《たお》れ――そのまま、二度と起き上がることはなかった。その姿に、俺は血を払いながら率直《そっちょく》に告げる。

「だから言っただろう、亀野郎。防御を固めたお前は、面白いぐらいに隙《すき》だらけだったぞ」

『男爵級悪魔バーゼストが、プレイヤー【クオン】によって討伐《とうばつ》されました』

『一定範囲内《はんいない》の悪魔の軍勢が弱体化します』

第十四章　合戦の終わり

爵位級《しゃくい》悪魔のバーゼストを倒した後は、やはり掃討戦《そうとうせん》が待っていた。こちらの戦場ではきちんと鬼哭《きこく》を使ったわけではないため、悪魔共はまだある程度は好戦的だ。とは言え、指揮官であるバーゼストが倒れたためか、その士気はガタ落ちの状態であったが。

まあ、それでもある程度こちらに対して敵意を向けてくれるのは好ましい。流石に、追い回して背中を斬るのも非効率的だからな。

「そら、もっと気張れお前ら！　チマチマしてたら俺が全部貰っちまうぞ！」

「ちょっ、速いですってば先生！　ルミナちゃん、ずっとこんな調子だったの⁉」

「はい緋真《ひさな》姉様、お父様は先ほどもあんな感じでした」

緋真とルミナを引き連れて、俺は悪魔の群れへの突撃《とつげき》を繰り返す。

戦であったとは言え、この戦場は事前に条約の取り決めがあるようなものではない。降《こう》伏《ふく》は認められず、そもそもしたとしても殺し尽《つ》くして然るべきだ。この戦場から悪魔共が一匹《ぴき》残らず消えて無くなるまで、殺して殺して、殺し尽くす。それが世のため、人のため

――とまでは言わないが。これは単純に、俺の願望に過ぎないのだから。

（強敵には恵《めぐ》まれなかったが、数には満足だ。これほど発散できたのは何年ぶりかね）

口元を笑《え》みに歪めながら目の前の相手を斬り殺し、受け流して転ばせた相手を踏み潰《つぶ》す。

敵はまだまだ存在している、殺し相手に困りはしない。だが――どうやら、徐々《じょじょ》に逃《に》げ出している敵も存在しているようだ。

「先生、スレイヴビーストたちが逃げ出し始めてるみたいですよ！」

「あん？　……使役《しえき》していた悪魔が死んだからか？」

「名前的にも、その可能性が高いんじゃないかって言われてます」

スレイヴビースト共がその名前の通り、悪魔共によって使役、隷属《れいぞく》させられていたのだとしたら、その縛《しば》りが無くなった時点で逃げ出すことも理解できる。正直、獲物《えもの》が減るためあまり望ましい状況《じょうきょう》ではないのだが、逃げる獣《けもの》を追うのは流石に難しい。というか、追い回している内に時間が無くなってしまう。素直《すなお》にレッサーデーモン共を狙うべきだろう。

若干《じゃっかん》残念に思いつつも、俺はレッサーデーモンに狙いを絞《しぼ》ることにした。

と――その時、幾度か聞いた機械的な音声が耳に届く。

『男爵級悪魔ゼルフが、プレイヤー【ライゾン】によって討伐されました』

『一定範囲内の悪魔の軍勢が弱体化します』

「お……緋真、どっちだか分かるか？」

「今のアバター名は、『クリフォトゲート』のクランマスターの名前です。ってことは――」

「西側か。一体どんな悪魔だったのやら」

かかった時間的には……妥当《だとう》といった所なのだろうか。他《ほか》のプレイヤーが爵位悪魔《しゃくいあくま》と戦っている所を見たことがあるわけではないので、基準があまり分からない。これがアルトリウスであれば、もう十分程度早く終わらせていただろうとは思うが……今の討伐報告を早いと見るべきか、遅《おそ》いと見るべきかは判断に困るところだ。

ともあれ――

「残りは南側か……あっちの担当はどんな連中なんだ？」

「『剣聖連合』ですか？　まあ、堅実《けんじつ》も堅実、といった感じの人たちだったかと。一番まともに攻略してると思いますよ」

「……まあ、俺がまともに攻略していないことは否定せんがな。西の……『クリフォトゲート』だったか？　そいつらはどうなんだ？」

「あー……」

手を休めずに悪魔共を斬り殺しつつ、俺と緋真は会話を続ける。この辺り、まだ慣れていないルミナは目の前の相手に集中しており、会話に加わってくる余裕《よゆう》はないようだ。

余裕のある緋真は俺の質問に対し、若干顔を顰《しか》めながら言い淀《よど》む。そんな珍《めずら》しい反応に、俺は思わず眉《まゆ》をピクリと動かした。

「何だ、苦手な連中か？」

「ええ、ちょっと……ゲームとしての実力はあるんですけど、悪い意味でよくある上位クランというか」

「あん？　よく分からんな、どういう意味だ？」

「えーと……クラン内でノルマがあって達成しないといけないとか、長時間プレイしている人たちが多いのはまあいいんですけど、ログイン時間の長さだけで自分たちが偉《えら》いと思ってる連中が結構いるとか……」

「ああ……成る程、そういう手合いか」

こういうゲームだ、長い時間プレイしていればいるほど強くなるのは当然である。とは言え、それが偉いかといえば明らかに否だ。やることをやらずにゲームで威張《いば》っている連中など、論ずるに値すまい。

「あのクラン、加入条件は無いものですから、他のクランで素行が悪くて爪弾《つまはじ》きになった連中とかも集まってて、クランマスターは統治する気が全くないような人なので……何て言うかもう無法地帯で」

「頭が積極的にやらかしていないだけマシと見るべきか、無責任にも程があると言うべきか……」

まあ、多人数が集まるゲームなのだから、そういう連中もいるだろう。むしろ、一か所に集まってくれているだけ対処がしやすいとも言える。何にせよ、あまり愉快《ゆかい》な連中というわけでもなさそうであるし、積極的に関わる理由もない。放置しておけばいいだろう。

悪魔の胸を貫き、抉《えぐ》るように振り抜きながら、俺は軽く嘆息した。

「正直、こういう自由スタイルでの防衛クエストが一番不安なんですよね、あの人たち。フルレイドまでならいいんですけど、それ以上になるともう纏まり付かずに動き始めますし……街に被害《ひがい》が出てないかどうか」

「……成る程、アルトリウスの奴はそれを見越《みこ》していたわけか」

「はい？　何がですか？」

「いや、何でもない。俺たちには関係のない話だ」

取り決めを行ったクランたちは、要請《ようせい》がない限り別の戦場に手を出すことはできない。だが、それは戦場に限った話であり、街の中の警護を行うことについては特に言及《げんきゅう》されていないのだ。アルトリウスは、西側の街の中で現地人の護衛や救助などを行うつもりなのだろう。

街に被害が出ることがあれば、それは即ちその場所を守っていたクランの過失だ。『クリフォトゲート』の連中が何を言おうと、それは護《まも》り切れなかったそいつらに責任がある。尻拭《しりぬぐ》いをして貰《もら》った上に文句をつけるなど、恥《はじ》の上塗《うわぬ》りにしかならないだろう。

（尤《もっと》も、護衛に動くにはかなり早い段階で爵位悪魔を倒せていなければならなかった……つまり、俺の動きに合わせたのはそういうことか）

まあ、どちらが先に来たのかは知らないが、アルトリウスが一挙両得を狙《ねら》った可能性は高いだろう。と、そう言うと少々聞こえは悪いが、どちらかと言えば彼《かれ》の目的は現地人の保護のようにも思える。彼がこの戦場の形態を指定しなければ、全体はもっと混乱していたことだろう。その時、王都に被害が出なかったかどうかは――正直な所、保証はできまい。俺とて、一人で全《すべ》ての敵を殲滅《せんめつ》できるわけではないのだ。最終的に勝てていたとは思うが、街への被害は防げなかっただろう。

（まあ、あいつの思惑《おもわく》通りであろうと、俺は好きなように動けて好きなように暴れられた……そこには感謝しておかんとな）

合戦礼法を使うような戦いに、満足できる強さではなかったとはいえ爵位持ちの悪魔を二体。これだけの大立ち回り、そうそうできるような機会はあるまい。俺にとっては大層益のある話だった。ただそれだけのことだ。

これだけのことができるのならば、今後も彼の話には耳を傾《かたむ》けておくべきだろう。受けるかどうかはその時に判断するが、少なくとも耳に入れる価値があることは確かだ。

次に何を言ってくるか、少々楽しみに思いながら悪魔共を薙ぎ払い——その音声が響いたのは、ちょうどそのタイミングだった。

『男爵級悪魔ミアファが、プレイヤー【皐月森《さつきもり》】によって討伐されました』

『全ての爵位級悪魔が討伐されました』

どうやら、南側も戦闘《せんとう》が終了《しゅうりょう》したらしい。

どうせ今回も同じように、南側の悪魔共が弱体化するのだろう——そう思っていたのだが、それに続いたのは全く異なるインフォメーションだった。それと同時に、俺たちの周囲にいた悪魔、その全てが黒い塵《ちり》となってその体を崩壊《ほうかい》させてゆく。それは動いている個体も、倒れている死体も同じ。全てが黒い粒子《りゅうし》と化して、上空へと立ち上ってゆく。

「こいつは……」

「お父様、あれを見てください！」

ルミナの声に従って後方へと視線をやれば、街の向こう側から——他の三つの戦場からも、黒い粒子が立ち上ってきているのが見て取れた。どうやら、この現象は全ての戦場で発生しているらしい。

上空に立ち上った黒い粒子は渦《うず》を巻き――やがて、一点に集束を始める。黒い渦と化したその物体は、徐々にその大きさを収縮させ――それと共に、そこから発せられる気配も巨大化《きょだいか》していく。俺は思わず息を飲み、同時に口元を笑みに歪めた。

――その気配には、身に覚えがあったからだ。

「――やってくれるものだ、人間」

渦と化した黒い粒子の中、姿を現したのは一体の悪魔。レザーのような光沢《こうたく》を持つ黒い衣装、そしてその合間から覗《のぞ》く白い肌《はだ》と、燃えるような赤い髪《かみ》。その鋭い真紅《しんく》の双眸《そうぼう》を、悪魔――ロムペリアは余すことなく俺へと向けていた。

「任せろなどと言うから任せたというのに……全く不甲斐《ふがい》ない」

「それで、部下の尻拭いでもしに来たのか、ロムペリア」

「フン、どうでもいいことだ。貴様ら程度、滅《ほろ》ぼうが滅ばなかろうが、大局に差などない」

冷酷《れいこく》に告げられた言葉に、俺は僅かに眼を細める。

やはりと言うべきか――この悪魔からの総攻撃《そうこうげき》は、この世界中で発生していたようだ。こいつの言うことが確かであるならば、確かに小国一つ守り切った所で大勢に差などないだろう。しかし――そこに、ロムペリアは言葉を付け加えていた。冷酷に凍《こお》り付いていたはずの表情に、それまでには無かった、凄絶《せいぜつ》な笑みを浮《う》かべながら。

「だが――貴様は別だ、クオン」

「……ほう?」

「認めよう――いいえ、認めるわ。王の言葉は本当だった。それを体現する人間は確かに存在した。ならばこそ、貴様こそが、私たちにとっての真なる敵となる」

それは取り繕《つくろ》ったものではない、ロムペリア個人としての言葉。圧倒的《あっとうてき》に格上のレベルである筈《はず》のこの悪魔は、俺を対等な敵であると認めていたのだ。

「故《ゆえ》に――」

「――――ッ!」

ロムペリアの気配は、まだ薄い。だがそれでも、以前とは異なる具体性を持っていた。彼女の姿は一瞬《いっしゅん》揺《ゆ》れ、同時に感じた悪寒《おかん》に、俺は即座《そくざ》に刃を振るう。

斬法――柔の型、流水。

刹那、眼前に移動……否、転移してきたロムペリアが、手に纏《まと》った魔力《まりょく》を赤い刃へと変《へん》貌《ぼう》させて振るう。その一閃《いっせん》に即座に反応し、刃を合流させ――その重さに、俺は思わず顔を顰めた。とんでもない重さだ。まるで巨岩《きょがん》が落下してきたかのよう。ほんの僅かにその軌道《きどう》をずらし、その刃が当たらない場所まで体を移動させた俺は、即座に反撃《はんげき》のための刃を振るった。

「《斬魔の剣《けん》》――!」

その赤い魔力の剣も、結局は魔法だろう。であれば、《斬魔の剣》ならば斬り裂ける――そう判断し振るった刃は、僅《わず》かながらにロムペリアの剣に食い込んだところで止まっていた。完全に威力負けしている。今の俺の攻撃力《こうげきりょく》では、こいつの魔法は消し去れない。舌打ちしながら刃を戻《もど》し、俺は即座にロムペリアへと肉薄した。

「……!」

俺の選択《せんたく》に、ロムペリアは驚愕して目を見開く。恐《おそ》らく、距離《きょり》を取ると考えていたのだろう、掲《かか》げた手が逡巡《しゅんじゅん》によって止まり――その隙に、俺は密着状態の距離でロムペリアの体へと刃を添《そ》えた。

「《生命の剣》……ッ!」

斬法――柔《じゅう》の型、零絶《れいぜつ》。

体の捻りによって放つ、至近距離での一閃。俺の体力を吸収して輝《かがや》くその一閃は――しかし、ロムペリアの肌にほんの僅かな傷を付けるだけに終わる。当然ながら、ダメージらしいダメージはないだろう。しかし、その傷を受けたことで、ロムペリアの目に好戦的な光が宿った。

「面白《おもしろ》い……!」

呟《つぶや》きながら、ロムペリアは手を振り下ろす。その瞬間《しゅんかん》、俺の頭上に強大な魔力の気配が発生するのを感じ取った。実態は分からないが、命中すればひとたまりもないだろう。

歩法――烈震《れっしん》。

故に、即座に地を蹴《け》って死地から離脱《りだつ》する。この悪魔を相手に、安全な場所などありはしない。足を止めれば、その時点で的にされてしまうだろう。

俺が一瞬《いっしゅん》前までいた場所を打ち砕《くだ》いたロムペリアは、すぐさまその照準をこちらへと合わせて次なる魔法を放ってくる。血のように赤い、いかなる属性になるのかもわからない魔法の攻撃《こうげき》――こちらへと向かってくるそれに、舌打ちしながらも刃を構え直す。

歩法――陽炎《かげろう》。

あまりにも威力が高すぎるがゆえに、《斬魔の剣》も意味を成さないだろう。だからこそ、緩急《かんきゅう》をつけてその攻撃を回避《かいひ》し続ける。弾速は速いが、こちらを捉《とら》え切れてはいない。であれば――

「《生命の剣》！」

歩法――烈震。

刀身に生命力を込めて、再び駆《か》ける。降り注ぐ魔法《まほう》は俺が通り過ぎた後の地面を打ち砕き、土煙《つちけむり》を上げながら荒《あ》れ狂《くる》う。しかし、それでも俺の体を捉えることはなく――ロムペリアは、その手に宿した真紅の魔力を刃の形状に伸《の》ばした。

「ふッ！」

「おおおおおッ！」

振り下ろされる刃、それを紙一重《かみひとえ》で躱《かわ》しながら刃を放つ。武器の扱い自体は達者《たっしゃ》ではないようで、俺の放った一閃は僅かにロムペリアの服に傷を付けた。そのまま交錯《こうさく》し、振り返りながら一閃――だが、ロムペリアもまた同じように刃を振るっていた。

「《斬魔の剣》ッ！」

放った一閃は交錯し、鍔迫《つばぜ》り合いの形で刃が止まり、俺たちもまた動きを止め――しかし、ロムペリアはそれ以上力を込めてこようとはしなかった。ステータスの差は隔絶《かくぜつ》している。力押《ちからお》しをすれば、容易に押し切れることだろう。だが、ロムペリアはそうすることなく、納得《なっとく》したように声を上げたのだ。

「やはり、ね……今の一撃《いちげき》、貴様以外であれば誰《だれ》であろうと殺せていた。つまり、貴様だけだということよ、王の語る『価値ある人間』というものは」

「……テメェは、何を言ってやがる」

「簡単なことよ――」

食い込んだまま離《はな》れない太刀を手放して攻撃しようかと悩《なや》んだが、ロムペリアの剣がフリーになった時点でこちらはアウトだ。こいつに攻《せ》める気がないならば、今はそれに甘《あま》んじるしかない。そう判断したその瞬間、ロムペリアはずいと俺に顔を寄せていた。

「――貴様は必ず、このロムペリアが打倒するわ。私の敵……私だけの、宿敵よ」

刃《やいば》がずれている。今ならば一手、こちらの方が速い。俺は舌打ちし、刃を手放して密着しつつロムペリアの腹部へと両手を押し当てた。

打法・奥伝――

全力の殺意を込め、打法における最大の一撃を放とうとし――その瞬間、俺の手はロムペリアの体をすり抜《ぬ》けていた。思わずつんのめりそうになりながらも体勢を保ち、すぐさま警戒《けいかい》して振り返る。だが、ここでロムペリアがこちらに反撃を仕掛《しか》けてくることはなかった。どうやら、この悪魔は以前と同じようにまたも実体を失ってしまったらしい。

ロムペリアは自らの体を見下ろし、興が削《そ》がれたと言わんばかりに嘆息《たんそく》する。そして再び上空へと舞い上がり、周囲をじろりと睥睨《へいげい》して言い放った。

「貴様ら人間に未来などない。我ら悪魔の手によって滅びる運命だ。それに抗《あらが》えるなどと思い上がっているならば――無駄《むだ》な抵抗《ていこう》を続けるがいい」

奴は興味などないというように――いや、恐らく俺以外の人間には事実興味を持っていないのだろう、まるで路傍《ろぼう》の石に語り掛《か》けるように、そう言い放っていた。そして、それ

こそが俺たちの、そしてこのゲームの真なる目的なのだろう。世界を滅ぼそうとする悪魔を打倒し、人々の生きる場所を取り戻すこと。それこそが、最初にして最後の目標。

「——さらばだ。精々、足掻《あが》いてみせろ」

『ワールドクエスト《悪魔の侵攻《しんこう》》を達成しました』

『グランドクエスト《人魔大戦》が開始されます』

『イベント中の戦闘経験をステータスに反映します』

『イベント成績集計中です。発表は後日GMより行われます』

『報酬《ほうしゅう》アイテムの配布は成績発表後に実施《じっし》されます』

『レベルが上昇《じょうしょう》しました。ステータスポイントを割り振ってください——』

ロムペリアが姿を消すと共に、怒涛《どとう》の勢いでインフォメーションが流れ始める。

その音を聞きながら、俺は地に転がっている太刀《たち》を拾い上げ、奴の消えた中空をしばし見つめ続けていた。

『――――《刀》のスキル進化が可能です』

『称号《しょうごう》《悪魔の宿敵》を取得しました』

『称号《一騎《いっき》当千《とうせん》》を取得しました』

どうやら、今回のイベントではレベルアップ処理は一気に行われる設定になっていたらしく、悪魔の群れを殺して溜《た》め込んだ経験値は一気に消化されたようだ。ステータスを確《かく》認《にん》してみれば、一気に3レベルも上昇している。レベル1の時に決闘《けっとう》で得た経験値でもレベルは1ずつ上がっていたため、こうやって一気に複数レベルが上がるのは初めてだ。

しかし、レベルアップの処理については普段《ふだん》と変わるところはない。いつも通りにステータスポイントを割り振って、それで終わりだ。レベル30になったことだし、増えたスキル枠《わく》には《魔力操作》を取得しておくことにしよう。

それよりも――

「スキルの進化とな。それに称号スキル……《一騎当千》は分かりやすいが《悪魔の宿敵》

ねぇ」

とりあえず、スキルの進化とやらについては後で緋真《ひさな》に聞いておくことにしよう。テイムモンスターのもそうだが、進化させたら戻せない可能性が高い。今は先に、称号スキルの方を確認しておくことにする。

千体もの敵を倒していたかどうかは分からないが、とにかく目に付く限りの悪魔を殲滅したことは事実だ。そのおかげで、使用している武器は全て破損寸前まで持っていかれてしまった。流石に、鬼哭を使うとどうにも攻撃が雑になりがちだ。あれは制御《せいぎょ》をミスると武器を壊《こわ》すどころか自分の体まで壊すからな。だからこそ扱いの難しい、使い手の少ない技術であるのだが。

合戦礼法はどれも便利だから、せめて師範代《しはんだい》ぐらいは使えるようになってほしいのだが――そう胸中で呟きつつ、俺《おれ》は称号スキルの効果について確認を行った。

■《一騎当千》

一度の戦闘において、千体もの敵を屠《ほふ》った者の証《あかし》。

称号所有者は現地人から畏敬《いけい》の念を抱《いだ》かれるようになる。

この称号スキルをセットした場合、敵を倒すごとにＨＰが５％回復する。

こちらの称号については、やはり名称《めいしょう》の通りであったようだ。流石に千体も倒していたとは思わなかったが、確かにこれほどの数を殺したのは初めてだ。今後も似たようなイベントが起こるのかどうかは知らないが、定期的に楽しめるなら最高だ。

セット時の効果は、敵を倒した時のHP回復だ。回復量は大したものではないが、塵も積もれば山となるというものだ。まあ、俺のHPは自分のスキルで頻繁《ひんぱん》に上下しているため、正直な所自分の体力という印象はすっかり薄れているのだが。どちらかというと、攻撃用のゲージのようにも思えてしまう。

今後は避《さ》けづらい攻撃や範囲《はんい》攻撃《こうげき》も増えてくるかもしれないし、その辺りは気を付けておいた方がいいだろう。

「便利だが、そこまで強力ってわけでもない……緋真のイベント称号とはやはり違うか」

いや、HP回復は中々強力なのかもしれないが、流石に緋真の称号ほどのインパクトは感じない。便利は便利であるため、たまに使うかもしれないが……そこは状況次第《じょうきょうしだい》だろう。正直、単純にHPを回復するならば《収奪《しゅうだつ》の剣》で事足りるしな。

「で、もう一つの方は、と――」

■《悪魔の宿敵》

悪魔と戦い、そして対等な敵として認められたことの証。

称号所有者は悪魔から攻撃対象にされやすくなり、同時に現地人から信頼《しんらい》を得やすくなる。この称号スキルをセットした場合、悪魔に対するダメージ量が10％上昇する。

名前から察するに、ロムペリアから宿敵として認定《にんてい》されたことが取得の原因だろう。対悪魔と考えるならば、中々に有用な称号だと言える。まあ、俺としては《一騎当千》の方が便利そうであるし、そちらをセットしておくことにするが。

しかしあの女、王がどうたら言っていたが、一体何を考えているのやら。奴《やつ》は、俺を宿敵だと、打倒《だとう》すると口にしていた。奴の方が圧倒的にステータスが高く、今は確実に奴の方が強いにも拘《かか》わらず、だ。王――恐らくは、魔王《まおう》とでも呼ぶべき存在。そいつは果たして、ロムペリアに何を伝えていたのか。今は分からないが……厄介《やっかい》な相手に目を付けられたことは間違《まちが》いあるまい。だが――

（――あの女は、他の悪魔共とは違《ちが》う。面白い敵だ）

思わず歪《ゆが》んだ口元を、手で覆《おお》い隠《かく》す。

人間に対する敵意は、憎悪《ぞうお》はあった。人間に存在する価値などないと、そう断じているかのような凍った瞳《ひとみ》を持っていた。だが奴は、種族的な感情ではなく、己《おのれ》自身の意志と決意を以《もっ》て俺への宣戦布告を口にしていたのだ。であれば、奴は俺の敵だ。俺が倒すべき、俺が殺すべき敵なのだ。

（ああ、どうやって斬《き》ってやろうか。今はまだ届かない。奴を倒すにはもっと力が必要だ）

倒すべき敵、倒すべき目標——俺にとって、それは常にジジイだけだった。ロムペリアはあのクソジジイには届くまい。だが、今手が届かないという点において変わることなどない。ならば必ず届かせる。この刃を、奴の臓腑《ぞうふ》に突《つ》き立てる。

いいとも、テメェがそう言うのであれば——

「俺が必ず殺してやるよ、ロムペリア」

口元に浮かんだ笑みを消し、俺は刃を拭《ぬぐ》って納刀する。一つの大きな節目とはなったが、まだまだやりたいことが多すぎる。嗚呼《ああ》、全く——本当に、このゲームは面白い。

「先生？　何をぼーっとしてるんですか？」

「……いや、ステータスの割り振りをしていただけだ。戻るとするか」

死体の片付けでもやらされるかと思っていたが、幸いそれは全てロムペリアが回収していったようだ。ならば最早《もはや》、この戦場には用はない。燃え上がっていた狂気《きょうき》を封《ふう》じ込め、俺は弟子《でし》たちを伴《ともな》って王都の方へと歩き出す。その視線を向けた先に、見覚えのある二人の姿があった。今回は随分《ずいぶん》と忙《いそが》しかったであろう、大クランのクランマスター達だ。

「……お疲《つか》れ様《さま》、クオン。救援《きゅうえん》、助かったわ……ありがとう」

「ご協力、ありがとうございました、クオンさん」

「エレノアはともかく、お前さんはここにいていいのか、アルトリウス？」

「今は打ち上げですから。街に被害が出ていたら、色々と動かなければならなかったのですが」

「成《な》る程《ほど》、上手《うま》くやったようだな」

若干の呆《あき》れを交えてそう告げれば、アルトリウスはどこか得意げな笑みを浮かべる。予想通り、最初からそこまで読んだ上での作戦であったようだ。どっちにしろ、被害が出ないに越《こ》したことはないわけであるし、それに関しては特に言及することもないのだが。

「それで、わざわざ俺たちの所まで来たってことは、二人とも何か用事があるんだろう？」

「ああ、私の方は大した用事じゃないから、後でいいわよ。装備の修理の話だから」

「……了解《りょうかい》だ、それは後で頼《たの》む」

防具については籠手《こて》ぐらいではあるが、刀はどれもボロボロだ。フィノの修理がなければ、これ以上の戦闘は難しいだろう。我ながら、未熟を感じずにはいられない。あのクソジジイならば、武器の助けがあるにせよ、一振《ひとふ》りでこの戦場を潜《くぐ》り抜けていたことだろう。

小さく嘆息し、その憂鬱《ゆううつ》を振り払《はら》う。今届かないならば、更《さら》に練り上げればいい、ただそれだけの話なのだから。

「なら、お前さんの話が先か。それで、何の用事なんだ、アルトリウス」

「労《ねぎら》いの言葉を、というのも事実ですが――ひとつ、提案があって来ました。エレノアさんにもですよ」

「私にも？　……了解よ、聞きましょう」

「……緋真、ルミナ。お前らはちょっと離れていろ」

「え？　は、はい」

アルトリウスの言葉に、エレノアは僅かに目を見開き、その佇《たたず》まいを直す。面食らいはしたものの、アルトリウスが無駄な話をするとは考えられなかったのだろう。その姿に爽《さわ》やかな笑みを浮かべたアルトリウスは、その表情を引き締《し》めて声を上げた。

「クオンさん、そしてエレノアさん。お二人に対する、同盟の申し入れです」

「同盟だと？　『キャメロット』と『エレノア商会』と、そして俺とでか？」

「ええ、その通り。クランごとであることが望ましいですね」

真剣《しんけん》な表情で告げてくるアルトリウスに、俺は視線を細める。

これは以前のような、断られることが前提の勧誘《かんゆう》ではない。アルトリウスは真剣に、それも本気で、俺たちに提案を投げかけていた。だが、だからこそ解《げ》せない。いったいこの男は何故《なぜ》、このタイミングでそれを切り出してきた？

「グランドクエスト――つまり、この【Magica Technica】というゲームの最大目標が提示されました。つまりこれは、これからがこのゲームの本番であることを示しています」

「それに向けた、協力体制を作っておく……という話か？」

「ええ。具体的な取り決めは、時間をかけて行うつもりです。ですが――」

「ここでその約定は手に入れておきたい、っていうわけね」

そう告げるエレノアの言葉は、どこか冷ややかで――同時に、内側に燃え上がるような熱を感じるものだった。これはあまりにも大きな案件だ。決断力のあるエレノアであろうとも、安易に結論を口にすることはできないだろう。

「貴方《あなた》の目的がグランドクエストだけであるならば、正直この同盟は正気とは思えないわ。わざわざする必要性を感じないのに、リスクを抱《かか》えることになるんだもの」

「……アルトリウス。お前さんの『キャメロット』は、計算された体制が構築されている組織だ。外付けで何かを付け加えようとすれば、バランスを崩《くず》すことになりかねん。ましてや――組織対個人の同盟だと？　お前、それを納得させられるのか」

「無論、それは分かっていますよ。だからこその、今回の共闘《きょうとう》だったのですから」

——その言葉に、俺は背筋が粟立《あわだ》つ感覚を覚え、目を見開いた。

今回、こいつが俺と同盟を結んだのは、素早《すばや》く戦場を制して動くためだと考えていた。だが、アルトリウスはそれは単なる副産物に過ぎないと語ったのだ。

本当の目的は——

「……クオンの本当の実力を、『キャメロット』と『エレノア商会』に知らしめるため……そのために、彼を焚《た》きつけたって言うの？」

「クオンさんの実力は、一個人の枠に留《とど》まるものではありません。僕《ぼく》はこの方のＰＴを、一つの組織であるものとして計算しています」

俺と緋真、ルミナの三人で倒した悪魔の数は、果たしてどれほどになっただろうか。そしてその数は——他のクランと比べて、どれほどの差があると言うのか。

成る程、確かに。それが周知の事実となれば、俺の立場は変わってくるだろう。それはあの頃《ころ》と、あの戦場を渡り歩いていた頃と同じ、一つの兵器としての認識《にんしき》だ。

「僕の提案は、組織同士で対等な立場での同盟締結《ていけつ》です。技術、情報、戦力の提供——それら全て、対等な立場でのやり取りを望みます」

「……無茶《むちゃ》なことを言うもんだな。そんなことができるってのか？」

「『キャメロット』と貴方だけの同盟では難しかったでしょう。しかし、そこに『エレノア商会』が加わればその限りではありません」

「……私たちがいれば、クオンを独占《どくせん》しようとする動きに対する抑止力《よくしりょく》になると。そして逆に、私たちもクオンの独占はできなくなる」

「元々、エレノアさんはビジネスライクな関係を構築していたようですが、距離が近くなればそのようなこともあるでしょうからね」

そして二つの組織が牽制《けんせい》し合っている状態ならば、俺の自由が奪《うば》われることはほぼなくなる。俺を拘束《こうそく》して利用しようとする動きがあれば、巨大《きょだい》なクラン二つによる潰し合いに発展しかねない――アルトリウスは、それだけの価値をこの戦場で示させたのだ。そしてそのような抗争《こうそう》は、エレノアとアルトリウスの望むところではない。であればこそ、俺の自由は保障せざるを得ないということか。

「……メリットがあることは否定せんが、リスキーだな。そこまでする必要があるのか？」

「ええ。正直な所、まだ全てを読めるわけではありませんが……あの悪魔《あくま》の言葉が真実であるならば、グランドクエストでは国家レベルでの悪魔との戦いになります。ですが、今のままでは国家という規模に対抗《たいこう》するのが難しい」

「大クランの足並みを揃《そろ》えることが目的、というわけね。なら、他のクランは誘《さそ》わないの？」

「将来的にはそのつもりですが、流石《さすが》に僕でもこの規模の調整は難しいので……まずはテストケースとして同盟を結び、大同盟の下地を作るつもりです」

……この男、一体何がどこまで見えているのやら。うすら寒い気配すら感じながらも、俺はアルトリウスの言葉を吟味《ぎんみ》した。エレノアもそれは同じだったのだろう。硬《かた》い表情で、彼女《かのじょ》は声を上げる。

「……この場での確約はできないわ。持ち帰って検討する」

「ええ、構いません。この場ですぐに判断できるとは思っていませんから」

「全く……クオン、こちらの話が纏まったらまた話しましょう。貴方は貴方の思うように動いておいてくれればいいわ」

「……そうか？　まあいい、進んだら話してくれ」

流石に、組織レベルの話には口出しできない。というより、何を口出しすればいいのか分からん。その辺りは、この二人に任せておけばいいだろう。俺は、俺の自由さえ制限されなければ問題ない。

俺とエレノアは揃って嘆息を零《こぼ》し、その場から離れていた。今日は流石に疲れた。フィノに装備を預けたらとっととログアウトするとしよう。

――なお、アルトリウスの話のおかげで、スキルの進化のことは頭からすっぽりと抜け落ちていたのだった。

第十六章

閑話　紅の幻影

アルファシア王国の王都南西側には、深い森が広がっている。そんな森の中、木々の陰《かげ》に隠れるように、黒い影が揺《ゆ》れていた。

王都を狙う悪魔と、それに支配された魔物《まもの》の群れ。悪魔たちは都市の全方位から襲《おそ》い掛かってきており、この森の中もまた、悪魔の進行ルートの例外ではない。尤も、森に慣れていないこともあり、その足並みは揃っているとは言い難《がた》かったが。

ワールドクエスト《悪魔の侵攻》。無数の悪魔によって進行を受ける街を防衛する。それこそが、今回のイベントの趣旨《しゅし》であり目的だ。そのため、多くのプレイヤーは街の城壁《じょうへき》の前や上などで待機し、悪魔を迎撃《げいげき》するという戦法を選んでいた。逆に言えば、城壁に辿《たど》り着くまでは悪魔たちの侵攻を妨《さまた》げるものはほとんど存在しなかったのである。

――ごく一部の例外を除いては。

「どういうことだ、これは！」

森の中に、くぐもり罅《ひび》割《わ》れたような声が響《ひび》く。その声を上げたのは、森の中を進む悪魔たちを支配している人型の悪魔であった。レッサーデーモンたちを支配するデーモンナイトは、配下の進む足が遅《おそ》いことに苛立《いらだ》ちつつも、更なる問題に直面して罵声《ばせい》を上げていたのである。

「おのれ……人間の仕業《しわざ》か！」

デーモンナイトの怒《いか》りは単純な理由だ。彼の配下であるレッサーデーモンや、支配しているスレイヴビーストが、いつの間にか少しずつ姿を消していたからである。全体から比較《ひかく》すれば大した量ではないのだが、それでも戦力が削《けず》られていることに変わりはなく、戦果を求めるデーモンナイトにとっては無視しきれる事態ではなかったのだ。

デーモンナイトは、すぐさま配下のレッサーデーモンたちに命じて周囲の索敵《さくてき》を開始する。森の中、隠れる場所がいくらでもあるとはいえ、悪魔たちは数が多い。発見も時間の問題だろう。そう判断し、デーモンナイトは他《ほか》のデーモンナイトと連絡《れんらく》を取ろうと踵《きびす》を返し――

「《ペネトレイト》」

――上から降ってきた赤い影が振《ふ》るった刃に、延髄《えんずい》から喉《のど》を貫《つらぬ》かれた。

デーモンナイトは大きく目を見開き、牙《きば》が覗く裂《さ》けた口から緑の血を溢《あふ》れかえらせる。

だが、《死点撃《う》ち》によって威力《いりょく》を増強された攻撃に声を上げることは叶《かな》わず、そのまま地面に崩れ落ちることとなった。トドメとばかりにデーモンナイトの心臓へとその手の刃、スティレットを突き込んだ小さな赤い影は、すぐさま地を蹴ってその場を離脱する。

「《隠密《おんみつ》》」

そして、すぐさまスキルを発動、半透明《はんとうめい》の姿となった赤い影は、軽々と木々を蹴って青々と生い茂《しげ》る葉の中へと身を隠したのだった。赤く揺れる衣――犬の耳のような装飾《そうしょく》の付いた赤い頭巾《ずきん》のフードを取り、その少女は小さく息を吐《は》き出す。

「……これで、五体目。学習しないわね」

呆れたような口調ながら、その口元に浮かべられているのは愉悦《ゆえつ》の笑《え》みだ。

身長は百四十センチにも届かないであろう、小柄《こがら》を通り越して幼い体格。しかしながら、その瞳に宿る冷徹《れいてつ》な色は、彼女が見た目通りの齢《よわい》ではないことを告げていた。

銅と銀の中間色、鈍《にぶ》い金属のような色の髪を揺らし、その瞳はルビーのような紅だ。コルセットのような形状の簡素なレザーアーマーからは白いシャツと黒い縁取《ふちど》りがされた赤いスカートが覗いている。その肌は浅黒く、魔人族《ダークス》であることが分かるだろう。

彼女の名はアリシェラ。俗《ぞく》に『暗殺者系』と呼ばれる、隠密と不意討《ふいう》ちの一撃に特化したスキル構成を持つプレイヤーであった。そんな彼女にとって森の中はホームグラウンドとも呼べる場所であり、終始発見されることもなく、こうして大物ばかりを仕留め続けていたのである。

「さてと……またのんびりと待ちましょうか」

呟いて、アリシェラは太い木の枝に腰《こし》を下ろしつつ体を幹に預け、リラックスする姿勢を取った。この下には倒《たお》したスレイヴビーストの死体が転がっており、アリシェラはそれを確かめに来た上位の悪魔を狙って狩《か》りを続けていたのである。

彼女とて、悪魔の群れの中に単身で飛び込むことは自殺行為《こうい》に他ならない。こうして、一切《いっさい》敵に見つからずに狩り続けることだけが、彼女にとっての勝ち筋であったのだ。普通《ふつう》に考えれば死地以外の何物でもなく、入ったはいいものの離脱することは非常に難しい。そんな状況《じょうきょう》でさえ楽しげに笑っていられるのは、偏《ひとえ》に彼女がスリルを求める手合いであるからだろう。この困難な戦場を、アリシェラはただ純粋《じゅんすい》に楽しんでいた。

(けど……案外と悪辣《あくらつ》ね、皐《さ》月森《つきもり》。西側に行く敵の量を減らせだなんて)

尤も、彼女とて何の理由もなくこの場所を訪《おとず》れたわけではない。アリシェラがこの森を戦場として選択したのは、リアルの知り合いである皐月森というプレイヤー――クラン『剣聖連合』を率いるマスターからの依頼《いらい》であったのだ。その内容は単純であり、南西の森を利用して戦いながら、西側に流れる悪魔を制限し、そちらを担当する『クリフォトゲート』の取得するポイントを制限することである。地味で堅実《けんじつ》、だが確かな実力を持つ大型クランのマスター、その評価をひっくり返してしまいそうな依頼内容に、しかしアリシェラは愉快《ゆかい》そうに笑みを零す。作戦がどうあれ、彼女にとってここは愉快極《きわ》まりない戦場なのだから。

（私は別に、どこのクランに属してるわけでもないし、たとえ気付かれても咎《とが》められる謂《い》われはない。外面ばっかりは良いんだから）

アリシェラとしても、『クリフォトゲート』はあまり好ましい相手ではない。彼《かれ》らに得点を与《あた》えて大きな顔をされるぐらいであれば、こうしてポイントを奪っていた方が有意義に感じてしまうのだ。と――

「これか……人間共め」

「探せ！　まだ近くにいるはずだ！」

聞こえた声に、アリシェラは僅かに眼を見開く。先ほどとは異なり、今回は二体のデーモンナイトが様子を見に来たのだ。その事実に、アリシェラは顔を顰《しか》めつつも口元には笑みを浮かべる。より強い敵、困難な状況である方が、彼女にとっては好ましいものであるがゆえに。

「さあ、どうしましょうか」

一人であれば問題はない。周囲の配下が消えた瞬間を狙《ねら》えばいいだけなのだから。しかし、二人いるとなるとその隙《すき》は大きく減ってしまうだろう。

「――ま、なるようになるでしょう」

小さく呟き、アリシェラは木の枝から飛び降りる。発動するスキルは《ペネトレイト》、その効果は相手の防御力《ぼうぎょりょく》を無視するというものだ。更に、未発見状態での攻撃力を大幅《おおはば》に高める《バックスタブ》の効果により、強化された攻撃を防御力を無視して叩《たた》き込んでいるのである。その一撃は、後ろ側に控《ひか》えていたデーモンナイトの首を後ろから穿《うが》った。

「が……ッ⁉」

「ッ、そこか！」

一体のデーモンナイトはその威力に耐《た》え切れず即死《そくし》し――けれど、もう一体のデーモンナイトを躱すことまではできない。姿を捕捉《ほそく》されてしまったことを確認し、アリシェラは素早く周囲に視線を走らせた。すぐ傍《そば》にはいないが、近くにレッサーデーモンたちが存在している。時間をかけていれば、あっという間に周囲を囲まれて死に戻ることになるだろう。発見された状態でのアリシェラは、決して戦闘《せんとう》能力が高いとは言えないのだ。

けれど、それでも尚彼女《なおかのじょ》は笑う。ギリギリの戦い、命のやり取り――そして、そこで見《み》出《いだ》すことのできる命の実感を全力で享受《きょうじゅ》しながら。

「《隠密》」

自らの発見率を下げる《隠密》のスキルを発動し、姿を半透明に変える。とは言え、既《すで》に露見《ろけん》している状態ではその効果もほとんど意味のないものだ――本来であれば。

「馬鹿《ばか》め、ここで果てるがいい！」

「――――！」

真《ま》っ直《す》ぐと駆けるアリシェラへと向けて、デーモンナイトは魔法を放つ。空間を歪ませ顕《あらわ》れる水の弾丸《だんがん》がアリシェラの小さな体躯《たいく》を狙い――その瞬間、彼女の持つスティレットがデーモンナイトの脇腹《わきばら》に突き刺《さ》さっていた。

「は……？」

理解ができなかったのだろう。目の前にいた筈の相手が、突如《とつじょ》として自分の横に現れたことが。だが、それでもアリシェラの動きが止まることはない。

悪魔の認識から一瞬外れたことで、《バックスタブ》の効果が適応された。その結果、急所となる脇腹への攻撃はダメージを大きく増幅《ぞうふく》されている。しかし、即死部位と呼ばれる最大の弱点部位ではないため、一撃で倒し切るには至っていない状態だ。故に、アリシェラは即座にポケットから取り出した小瓶《こびん》を足元へと叩き付けた。その瞬間、割れた瓶より撒《ま》き散らされた黄色い液体が瞬時《しゅんじ》に気化し、黄色の煙《けむり》となって周囲に立ち込める。ダメージに硬直《こうちょく》していたデーモンナイトは避けることもできずに煙を吸い込み――

「が……ッ!?」

「痺《しび》れるでしょう？　これ作るの苦労したんだから」

『麻痺《まひ》』の状態異常を受け、その場に崩れ落ちることとなった。

地に伏《ふ》せたデーモンナイトを見下ろしながら、アリシェラは薄《うす》く笑う。煙の中にあるにもかかわらず、彼女が『麻痺』を受ける様子はない。

「な、ぜ」

「私が状態異常に掛からないかって？　こういう状況のために《毒耐性《たいせい》》を取っているからに決まってるじゃない」

先の薬品は、アリシェラ自身が調合した麻痺毒だ。それを至近で扱《あつか》うことがある以上、自らの毒に耐性を持つ必要があったのである。とは言え、流石に口元を頭巾で覆いながら、アリシェラは淡々《たんたん》とスティレットを振り上げる。

「さようなら。少しは楽しかったわ」

そして、何の躊躇《ためら》いもなく、彼女はその刃をデーモンナイトの胸へと振り下ろした。致《ち》命傷《めいしょう》を受け塵《ちり》となって消滅《しょうめつ》する悪魔に、しかし一切顧《いっさいかえり》みることもなく、アリシェラはすぐさま《隠密》を再発動して再び姿を隠す。麻痺毒の煙があるとはいえ、ぼんやりとしていたら他の悪魔に姿を捕捉されてしまうのだから。

彼女は再び木の上へと姿を隠し、静かに息を潜《ひそ》める。ただひたすらに獲物《えもの》を待ち続ける狩人《かりゅうど》のように。自らの命に刃が届きそうな瞬間を、その刹那《せつな》に存在する生の実感を求めて。

「さあ……どこまでスコアを伸ばせるかしら？」

まるで恋人《こいびと》を待ち焦《こ》がれるかのように、彼女は息を潜め続ける。

——彼女がクオンと出会うのは、まだしばらく後のことであった。

【妖精】テイマーの集いPart.37【見つからねぇ】

001：イオン
《テイム》のスキルを取得し、テイムモンスターと共に
MT世界を楽しむプレイヤーのためのスレです。
情報交換、うちの子自慢、どちらも自由です。

次スレは>>970から。

前スレ
【妖精】テイマーの集いPart.36【捜索中】

=====================（略）=====================

751：レイダー
やっぱり水妖精が至高なんだよなぁ（確信）

752：ジン
>>749
お前の心が汚れてるからだよ

753：C-70
>>751
屋上
火が一番かわいいに決まってるだろ

754：司
>>751
土の愛らしさを知らんとかお前

755：レイダー
あ？

756：C-70
お？

757：司
ほう？

758：FALAN
お前らアレだな？
第一回妖精取得大会に参加できなかった俺への当てつけだな？

759：レイダー
>>758
m9(^Д^)

760：C-70

>>758
おしごとおつかれさまです。
いやぁ、やすみのひにはたらくとか、ぼくにはまねできないなぁ。

761：司
仕事サボったせいで休出は草&草

762：FALAN
お？　やるか？　やってやろーじゃねーか！
ヴァルキリールート乗ってやるよオラァ！

763：シェパード
ヴァルキリーは凄い人気だけど、第一回のメンバーは
スプライトのルートには乗れそうにないかな？

764：レイダー
>>762
おう、ぜひ見せてくれ
ぶっちゃけすげぇ気になるし

765：アリム
>>763
伝道師様！　妖精の伝道師様じゃないか！
次の妖精捜索会はいつですか!?

766：C-70

>>763

師匠のヴァルキリーには憧れるけど、

一匹目は普通に育ててみたいしなぁ

767：シェパード

>>765

いやいや、伝道師はやめて

っていうか、今回参加して《テイム》成功したメンバーは、

皆あの称号取れてるからね？

僕しかできないわけじゃないからね？

768：真琴

次は絶対参加するわ。絶対に絶対だ。

妖精は必ず捕まえる。

769：司

>>768

お前みたいなギラギラした奴に限って失敗してたから気を付けなよ？

770：レイダー

妖精は下心をかなり敏感に察知するからなぁ

物で釣れなくもないけど

771：FALAN
くそっ、妖精談議に加わりたい……
こうなったら師匠のヴァルキリー様を間近で見るしか

772：C-70
とりま、次の捜索会はイベント後だなぁ

773：シェパード
>>771
ああ、うん……間近で見れるといいね……

【クエスト開始】ワールドクエスト対策スレPart.15【直前】

001：みのり
ワールドクエスト《悪魔の侵攻》に対する対策スレッドです。
各クランの調整、および陣営参加の申し込みはここでお願いします。
なお、陣営参加抽選会は既に完了しています。

次スレは>>950でお願いします。

前スレ
【悪魔の】ワールドクエスト対策スレPart.14【侵攻】

002：みのり

代表参加クラン

■東方面

・キャメロット

■西方面

・クリフォトゲート

■南方面

・剣聖連合

■北方面

・エレノア商会

・MT探索会

■ファウスカッツェ・リブルム方面

・始まりの道行き

====================（略）====================

156：蘇芳

南も配置完了だね

撮れ高少なそうで困る

157：マリン

そろそろ全方面で準備完了してるかなー？

158：SAI
もうそろそろカウントダウン開始してもいいかな？
って、何やってんだあの人

159：ruru
>>145
西は何かもう野盗の集団みたいな様相なんですけど
ぶっちゃけ仲間だと思われたくない

160：金管魂
>>156
そこでスレ勢人気実況者蘇芳君の名実況が盛り上げるわけですね
分かります

161：影咲
はぁ？　何やってるのあの人？
え、予告通りどころか予告の斜め上だし

162：スキア
そろそろ時間だな、カウントダウンしてるぞ

163：蘇芳
>>160

撮れ高は命より重いんだぞ、分かってるのか？

164：いのり

お、鐘を準備始めてる
そろそろ？

165：ゼフィール

10秒前えええええええええええええい！

166：ミック

>>163
ガチトーンワロス

167：SAI

え、師匠は何する気なのアレ

168：マッツ

さーん！

169：いのり

>>161
あれ、東側の反応何？
なにかあったの？

170：ruru

2

171：蘇芳

一ぃ！

172：えりりん

イベント開始いいいいいいいいいいいいいいいいいい！

173：ゼフィール

ひゃｈｈｈｈｈｈｈっはああああああああああああ！

174：マッツ

うおおおおおおおおおおおおおおおおおおおおおおおおお

175：ミック

イエアアアアアアアアアアアアアアアアアアアアアアアア！

176：SAI

ぎゃあああああああああああああああああああああああああああ

177：いのり

FOOOOOOOOOOOOOOOOOOOOOOOOOOOOOOOOOOOOOOOOOO
OOO!

178：蘇芳
行くぞおおおおおおおおおおおおおおおお！1

179：金管魂
しゃあああああああああああああああああああああああ！

180：影咲
qwせdrftgyふじこlp；@：「」

181：スキア
おっしゃあああああああああああああああああああああ！

182：マリン
うわぁ……

183：蘇芳
叫んだはいいけど、迎撃だからすぐ戦闘ってわけじゃないんだよなぁ

184：ミック

あれ、キャメロット組何か妙な反応してない？

185：ゼフィール
>>180
いつものアルトリウス賛歌かと思ったが、なにしてんの？

186：マリン
クオン君がテイムモンスターと二人だけで悪魔に近づく
↓
クオン君叫ぶ
↓
敵も味方も全員沈黙

叫んだ瞬間、目の前で猛獣が吠えたような感覚だったよ……
正直今でも寒気がする

187：SAI
うわ速っ

188：蘇芳
>>180
どうしたん？

189：Sergeant
ははははは！

流石だなぁ、アイツ！　叫び声一発で悪魔共を震え上がらせるとは！

190：影咲
……何かもう接敵したんですけど。
あれ世界記録ぶっちぎったペースじゃなかった？
って言うかなにあれ無双《むそう》ゲー？

191：ミック
ま　た　師　匠　か

192：雲母水母
あの人、またやらかしてるのかぁ……

193：高玉
聞いていたとはいえ信じられない動きだな……
刀を振る度に首がすっ飛んでいくぞ

194：ruru
叫んだだけで相手の動きを止めるって何なの？

195：蘇芳
強い（確信）

196：リョウ
はあ!?　何だそれ、チートだろ！

197：SAI
何かダブルの意味で忍殺決めてるんだが
あの人、実は忍者だったのか？

198：影咲
……地味に参考になる。
望遠鏡だから追いかけるの大変なんだけど。

199：ミック
>>197
アイエエエ!?

200：蘇芳
>>197
其処許よ……

201：スキア
師匠の腕が実は義手だったと聞いて
すっげぇ観戦したい

202：マリン
>>196
あはは、近くのプレイヤーがGMコールしてたよ？
まあ、返答は「不正行為は確認できません」だったけどね

203：SAI
あっ、アルトリウス様！
アルトリウス様も突撃!?
よっしゃ俺も行きます！
あ、指示に従え？　そっすか……

204：ソラール
>>201
既に距離が離れすぎてたなぁ……
ちなみに彼、敵陣をぶち抜いて大将首を狙いに行くらしいよ

205：蘇芳
もうほんとに東側に行けなかったことが悔やまれる……
撮れ高の山じゃねーか！

【イベント動画】戦闘動画まとめ13本目【盛りだくさん】

001：光り輝く肉体美
ここは、MT内で撮影した戦闘シーンを公開するスレです。
派手な戦闘シーン、敵の動きの観察、スキルの考察など、
戦闘に関する動画を何でも公開できます。
ただし、撮影の許可はきちんと取りましょう。

次スレは>>970でお願いします

前スレ
【スキル考察】戦闘動画まとめ１２本目【ボス研究】

=====================（略）=====================

765：緋真
先生に動画公開許可貰ってきました

766：メロンリーナ
>>765
でかした！

[動画ファイル]

767：１２３

>>765
流石は師匠だ、何の躊躇いもねぇ！

[動画ファイル]

768：蘇芳
待ってました、マジ見たかった！

769：モローディア
東と北の参加者以外は見れなかったしな

770：栗林
>>769
東も見れなかったよ
一瞬で遠くに行き過ぎてな
っていうか東の動画は遠くからの撮影だけだろ

771：影咲
>>770
……一応、ある程度寄せてはいたはず

772：緋真
いやぁ……目の前で見てましたけど意味わからないですよねぇ

773：トーア
>>772
貴方が言っちゃお終いなんじゃ……

774：グウィン
盾を装備した腕を無理やりへし折ったり、鎧を力技で叩き斬ったりとか……これで本当にスキル使ってないの？

775：緋真
《生命の剣》ぐらいは時々使ってますけど、それ以外は無かったと思います。

776：雲母水母
東の方は遠いからちょっと分からないけど、
何かアクション映画みたいな動きしてるなぁ……

777：しーてる
スキル補正無しであの動きができるのって、つまりリアルでもできるってこと？

778：緋真
>>777
できますね……パルクールって言うかもうスーパーボールみたいな動きもできますし。
本気で動かれたら、それこそ空でも飛んでないと追い付けないですよ。

779：トーア
チートじゃないことはGMが証明しちゃったしな……

780：サザネ
本当に同じ人間なのかどうか疑わしくなってきたんですけどえ、本当にチートじゃないのよね？
人間ってあんなことできるの？

781：グウィン
>>780
できちゃってるんだよなぁ……
GMから説明されたとはいえ、しばらく騒がれそう

782：緋真
まあ、別に幾ら騒がれようとも先生は全く気にしないとは思いますが、むしろそれで難癖をつけてきた人たちの方が心配というか。

783：しーてる
>>782
まあ、そういう連中は別にいいんじゃね？
それで師匠にやられるなら自業自得だろ

784：緋真
　>>783
　まあ、やられるだけならいいんですけどね……
　実戦とかさせないことを祈りますか。

【師匠】二つ名持ちプレイヤーについて語るスレPart.4【二つ名予想】

001：ジューサ
　ここは、二つ名を持つ有名プレイヤーたちについてぐだぐだと駄弁るスレです。
　二つ名の種類については>>2を参照してください。
次スレは>>980

前スレ
【公式】二つ名持ちプレイヤーについて語るスレPart.3【晒し上げ】

002：ジューサ
　二つ名の種類について

　①：公式二つ名
　公式イベントに上位入賞した際、賞品として授与される
　称号スキルのこと。
　別名、公式晒し上げ。

例
《緋の剣姫》緋真
MTプレイヤーで知らない奴がいたらモグリとすら言われる、
ご存知個人最強プレイヤー……だったけど最近更に強い人が現れた。
β終了記念に開催されたイベントにて上位入賞を果たした人。
見た目と実力を兼ね備えたMTのアイドル的存在。

《聖剣騎士》アルトリウス
剣姫が個人での最強ならば、彼は集団での最強。
クラン結成予定のメンバーを率いた集団戦が得意。
一番最初に狼を討伐したのも彼ら。
βイベントにて第１位の成績を残し、
二つ名称号と成長武器『聖剣コールブランド』を手に入れた。
身も心も全てが嫉妬すら感じないレベルのイケメン。

003：ジューサ
②：ユニーク称号二つ名
システム上、最初に達成したものだけに与えられる系の
ユニーク称号を有しているプレイヤーに対して、
その称号そのものが二つ名になったもの。

例
《始まりの調教師》シェパード
正式リリース後、一番最初に魔物のテイムに成功したプレイヤー。
羊飼いスタイルの放牧民的な外見を好み、
周りには常にテイムした魔物を連れている。
パーティは全てテイムモンスターの変則ソロプレイヤー。

004：ジューサ

③：周りからのあだ名系二つ名
独特なプレイスタイルから、
周囲のプレイヤーたちにあだ名を付けられたプレイヤーのこと。
そのため、独自の称号スキルを持っているわけではない。

例
《商会長》エレノア
生産職のプレクランを率いる女傑。
物流を一手に制御しながらもきちんと自分のレベルも上げられる、
完璧なまでの時間管理能力に定評がある。
聖騎士とはまた違ったカリスマの持ち主。

《師匠》クオン
《緋の剣姫》の師匠であり、流星の如くMTに現れた怪物。
圧倒的なまでのリアルチートでボスを薙ぎ倒し、
碌にスキルを使わずに弟子を超えて最強の名を恣（ほしいまま）
にする。
なお、強すぎて参考にならないと評判。

④：自分で名乗ってる系二つ名
ただの中二病

=====================（略）=====================

385：スウゴ

●現在の予想まとめ

《黒の剣鬼》、《血染めの死神》、《デーモンスレイヤー》、
《血刀乱舞》、《鏖殺の悪鬼》、《悪魔斬り》
《魔剣使い》、《生死の境界に立つ者》、《首狩り夜叉》

386：SWMk2
段々収拾付かなくなってきた感
だけど、それもようやく終わりか……

387：ミルル
まあ、あれだけ暴れてれば二つ名付くでしょうねぇ

388：もやし
個人的には《黒の剣鬼》推し、って言うかこれ一番人気だよな
やっぱ《緋の剣姫》と並べていい感じだし

389：オルタナ
>>388
ルージュとノワール的なアレな
実際、運営ならその辺分かっててネタにする可能性あるわ

390：スウゴ
悪口的な奴を抜かしてもこれだけ上がってるんだし、
これは成績発表の注目度高いぜ
運営よぉ、分かってるよなぁ？

391：SWMk2
これだけやって……いや、やらかして称号付かないは無いでしょ

392：もやし
イベントで二つ名配らなかったらいつ配るんだって話よ
効果そのものも気になるけど、とりあえずはどんな名称になるかだな

393：フェトル
>>392
一つだけ言えることがある
絶対に穏当な名前にはならない

394：オルタナ
>>393
それ前スレから言われてるから

第十七章　閑話　方々の反応　その1

ワールドクエスト《悪魔の侵攻《しんこう》》。正式サービス開始後の初大規模イベントとなった今回の戦い。それを終えてログアウトした本庄明日香《ほんじょうあすか》は、そのまま自室のベッドにてゴロゴロと身を転がしていた。

多数の敵と、そして己《おのれ》では打倒《だとう》できないような強敵との戦い。しかし、それほどの戦いを経てなお、明日香は緩《ゆる》んだ表情でにやける口元を抑《おさ》えることができていなかった。

「ふふふ……やっぱり、先生は凄《すご》いなぁ」

己が勝てなかった相手を、無傷で蹂躙《じゅうりん》したその姿。明日香は、その一挙手一投足を余すことなく目に焼き付けていた。

己にとって、誰《だれ》よりも尊敬すべき存在。未《いま》だその後ろ姿どころか、影《かげ》すらも見えないほどの圧倒的強者。明日香にとって、それはある種の救いとも言える存在だった。

「合戦礼法、鬼哭《きこく》……奥伝《おくでん》の鎧断……他《ほか》にも、いくつも。もう、本当にルミナちゃんが羨《うらや》ましい」

己には届かぬ術理を思《おも》い浮《う》かべ、それをいかにして己に適応させるかを考える。それは、明日香が久遠神通流《くどうじんつうりゅう》に名を連ねてから一日として絶やすことなく続けていた、一つのライフワークであった。

――本庄明日香は天才である。

それは、彼女《かのじょ》が剣《けん》を握《にぎ》ってから数日としない内に下された評価であった。武術における守破離とは、つまるところ決まりきった型をいかに己自身にあった形へと調整するかを指し示している。明日香は、その己への適応に優《すぐ》れた才能を有していたのだ。

久遠神通流の業は非常に複雑な術理から成り立っており、基礎《きそ》である竹別《たけわかち》や流水でもその奥深《おくぶか》さは計り知れない。明日香は、そんな複雑な術理を、使えるようになったその日の内に自分なりのアレンジを加えていたのだ。故《ゆえ》にこそ、周囲は彼女を天才と持て囃《はや》した。

それは紛《まぎ》れもなく事実であり――同時に、明日香にとっては何の意味もない評価であった。

（嗚呼《ああ》、届かない……全然、まだまだ、影も掴《つか》めない）

何故《なぜ》なら、そこには己以上の天才が存在していたからだ。久遠総一《くどうそういち》――久遠神通流を受け継《つ》ぐ本家、久遠一族に生まれた鬼子《おにご》。歴代最強と名高い当主、久遠厳十郎《げんじゅうろう》に気に入られ、その拷問《ごうもん》じみた薫陶《くんとう》を受けながら一切挫《いっさいくじ》けることのなかった男。

明日香は知っている。あれこそが真の天才であると。そして同時に、途方《とほう》もないほどの努力を積み重ねた天才なのだと。それと比べれば、己の才能など小手先に過ぎない。故に、明日香は己の才に驕《おご》ることなく修練を積み重ねてきたのだ。

しかし――彼女は同時に、歯がゆい思いも感じていた。

（だから私は、先生に付いていかないと――）

彼の存在は、明日香にとっての目標だ。いずれ辿《たど》り着きたい、隣《となり》に並び立ちたいと思っている場所。だが、彼の視線はいつまでも彼の師に――先代へと注がれ続けていた。

常に上を向き、他を顧《かえり》みることなく走り続ける姿。追い付けず、それどころか距離を離《はな》され続けている実感。見上げる先が遠いことは構わないと考える明日香にとっても、絶対に追いつけないほど遠く離されることだけは避《さ》けたかったのだ。

――彼の隣に立つことだけが、彼と並び立てる自分になることだけが、明日香にとっての人生の意義だったのだから。

『――帰ってきたら、私を弟子にしてください！』

だから明日香は、六年前の旅立ちの日、総一に対してそう告げていた。その意味を理解して、その上で彼女は願ったのだ。並び立ちたいと、辿り着きたいと――そう願う心のままに。

その時点で総一は既に、久遠神通流の次期師範《しはん》で間違《まちが》いないとの認識《にんしき》を示されていた。

師範の直弟子《じきでし》とは非常に特殊《とくしゅ》な立場の存在であり、総一は安易に弟子を選ぶことはできなかったはずだ。しかし、彼はそれを即決《そっけつ》した。躊躇うことなく、笑いながら肯定《こうてい》していたのだ。

『そうだな、お前なら問題ないさ。もしもそうなるとしたら、それはお前であるべきだ』

その日、本庄明日香の運命は決まった。否、己の手で掴み取ったのだ。いつの日か、久遠神通流を背負って立つ男の、その隣に並び立てる存在となること——共に、久遠神通流を支える存在となることを。

だからこそ、明日香は総一の立つ頂の高さに歓喜《かんき》する。道のりが遥《はる》かに遠いことを理解しながら、それでも。

「……今度はずっと、一緒《いっしょ》に行きます。私はもっと、強くなります。だから——」

その先の言葉を飲み込んで、明日香は笑う。嫉妬を受けもした。他者から排斥《はいせき》されたこともある。けれど、それらは全て、明日香にとっては価値のないものだ。必ず支えてみせると——遥か遠くまで駆《か》け抜けていく彼が、決して孤独《こどく》ではないことを証明するために。

「……頑張《がんば》りますね、先生」

覚悟《かくご》を新たに、明日香はそう、小さく呟《つぶや》いていた。

＊　＊　＊　＊　＊

ＶＲＭＭＯＲＰＧ、【Magica Technica】――その制作の大本となっているのは、多方面の業界に事業を伸《の》ばしている大規模グループ会社、逢ヶ崎《おうがさき》グループだ。その中でも、運営を行っているのはゲーム制作チームの『ＡＵＲＡ』であり、そのオフィスではスタッフが忙《いそが》しく動き回りつつも、若干弛緩《じゃっかんしかん》した空気を醸《かも》し出していた。無理もないだろう。非常に忙しかった大規模イベントが、無事に――と言っていいのかは微妙《びみょう》な部分もあるが――終了したのだから。

「お疲《つか》れ様《さま》です、先輩《せんぱい》」

「おう、お疲れ。いやぁ、やっぱイベントはやべぇわ」

「制作スタッフはもっと大変だったでしょうね」

「どうなんだろうな。進捗《しんちょく》会議だと、アイツら何か涼《すず》しい顔してるからな……」

ここは管理スタッフのオフィス。ゲーム内において、ＧＭとしてプレイヤーの対応を行っているスタッフが所属している部署だ。主にゲーム内での問題や調整事項《じこう》を担当し、不正や迷惑行為《めいわくこうい》に対して処罰《しょばつ》を下すこともこの部署の仕事である。

後輩《こうはい》から渡《わた》されたコーヒーに口をつけ、先輩社員である波崎《なみさき》は肩《かた》を竦《すく》める。

「ま、無事に終わって何よりだ。部長は久しぶりにご機嫌《きげん》だったよ」

「そうなんですか？　ここの所イライラしてたとは聞きましたけど」

「いや、ちょっと前から機嫌は戻《もど》ってきていたんだがな。今回が終わった途端《とたん》にすっかりご機嫌だ……例の『彼』のこと、すっかり気に入ったらしいぞ」

「え、部長ってばあの人のこと気に入ったんですか？」

顔を顰《しか》める後輩の様子に、波崎は苦笑《くしょう》する。『彼』というのは他でもない。ここの所すっかりゲーム内を引《ひ》っ掻《か》き回している、クオンという名前のプレイヤーだ。

有名プレイヤーである緋真《ひさな》の師匠という情報については、彼がログインした初日から既にスタッフに伝わっていたが――その実力は、彼らの想像を遥かに超えるものだった。

レベル30以上を想定していた三魔剣スキルの取得に始まり、意図していなかった妖精《ようせい》の発見、剣聖との接触《せつしょく》、妖精郷《テイル・ナ・ノグ》への到達《とうたつ》、《一騎当千《いっきとうせん》》の取得、爵位悪魔《しゃくいあくま》の宿敵化――彼は運営にとって予想外な行動を取り続けていたのだ。

「『妖精庭園』の設定を作ってた制作スタッフ、悲鳴を上げてたって話ですよ」

「《妖精の祝福》が広まっちまったからな……逆にヴァルキリーの設定作ったスタッフは

大喜びだったらしいが」

「あの時点での精霊化《せいれいか》、しかもヴァルキリーは完全に予想外でしたもんね。しばらくは出番はないと思ってたのに」

テイムモンスターであるフェアリーは、本来はアルファシアではない国にある、『妖精庭園』と呼ばれるエリアで仲間にできる存在なのだ。そのエリア内では妖精を視認《しにん》できるため、そこでならば妖精を仲間にできるはずだったのである。それがまさか、気配を感じて発見するなどという方法で《テイム》されるとは、微塵《みじん》も考えていなかったのだ。

「ここの所の問い合わせの内、少なくとも五割は彼に関連する質問ですよ。って言うか何ですかあの叫《さけ》び声《ごえ》……聞いていた魔物も悪魔《あくま》も全員、恐慌《きょうこう》状態だったじゃないですか」

「……ああいった敵であっても、全てきちんとAIは積まれている。AIが恐《おそ》ろしいと感じたら、そりゃ慌《あわ》てるし怯《おび》えもする。問題は、それを可能にするほどの威圧《いあつ》を、リアルに実行できる存在がいるってことなんだが」

イベント開始直後、クオンが発した叫び声。それによって、東側に押《お》し寄せていた敵の全てが恐慌状態に陥《おちい》ったのだ。

高度なAIを実装しているが故の弊害《へいがい》と呼ぶべきなのか――だが簡易的なAIにしてしまえば、組織立った行動は難しくなる。今回の大規模イベントでは、軍勢の行動を制御するために高度なＡＩを必要としていたのだ。

「……って言うか、感情演算エンジン積んでるＡＩは全滅《ぜんめつ》じゃねぇのかな。幸い、普段《ふだん》はあんまり使わないみたいだけど」

「それって、ゴーレム系以外は全滅じゃありません？」

「いや、他にもいるけどな……何にせよ、彼は一切《いっさい》不正を行っていない。それは紛れもない事実だし、そうである以上は口出しできないってこった。部長のお気に入りでもあるしなぁ」

嘆息《たんそく》し、波崎は自分のＰＣ端末《たんまつ》を操作する。そこに表示されていたのは、簡易的な３ＤＣＧのモデルだった。その画面を覗《のぞ》き込んで、後輩は僅《わず》かに目を見開く。

「これって……彼がバーゼストを相手にしたシーンの再現ですか？」

「その内の一部……トドメを刺《さ》したシーンだけだ」

「鎧を斬ったシーンですか……いくらあの武器が耐久度《たいきゅうど》ダメージを与える効果があるといっても、流石《さすが》に鎧を斬るのは……」

「事実できちまったんだから仕方あるまい。これなんだがな……驚《おどろ》いたことに、コンマ１ミリでもズレてたら失敗してるんだ」

告げて、波崎はそのシミュレーション結果を表示していた。クオンを模した人型の振《ふ》るった刃《やいば》は、相手の鎧の中ほどまで食い込んだところでその動きを止めている。彼《かれ》が実際に見せたように、その刃を振り抜《ぬ》くことはできていなかったのだ。

「これって……」

「強引《ごういん》に断ったわけじゃないんだ、これは。鎧の厚みとか、刀の角度とか……そういった要素に合わせて、絶妙《ぜつみょう》に力加減を変えている」

「そんな……そんなの、相手によって異なるじゃないですか！　その場に応じて変えてるって言うんですか⁉」

「実際にやってのけているんだから、その通りなんだろうな……ホント、わけが分からん」

お手上げだと言わんばかりにウィンドウを消し、波崎は椅子《いす》の背もたれに己の体を預けていた。いっそこれを再現して魔物に利用しようかとも思ったのだが、このような力加減をその場に応じて再現できるようなＡＩは存在しない。彼の動きのデータは、その瞬時《しゅんじ》の判断と調整ができない限り、そう利用できるようなものではないのだ。

「はぁ……まあ何にせよ、イベントの結果発表で色々と説明しておかにゃならんだろうな。システム的な特別扱《あつか》いはしないが、やることが手に負えないっていう意味では特別扱いだ」

「二つ名称号に、あの景品まであるんですから、ある意味システムでも特別扱いじゃ？」

「そっちに関しちゃ、全プレイヤーにチャンスがあるんだ。それは特別ではなく平等だよ。

まあ、しばらく騒がれるだろうが……彼の存在そのものが特殊なんだって共通認識にさえなれば、ある程度は緩和《かんわ》するだろ」

「……それまでは私たちに頑張れ、と」

「ははは、部長にアピールはしとくさ」

コーヒーを飲み干し、波崎は嘆息する。

【Magica Technica】はまだ始まったばかり――否、これからが本番だ。その怒涛《どとう》の流れの中で、果たしてこの無茶苦茶《むちゃくちゃ》なプレイヤーがどのような騒動《そうどう》を巻き起こすのか。

多大な憂鬱《ゆううつ》と、若干《じゃっかん》の期待を抱《いだ》きながら、波崎は再び仕事へと取り掛《か》かっていた。

（しかしまぁ……本当にどうなってるんだかな）

現実において優れた能力を持つ人間が、ゲーム内においても優秀《ゆうしゅう》な結果を残すことに関しては理解できなくはない。波崎自身、そのことに関して疑問を持っているわけではないのだ。問題は――

（威圧だの、剣術《けんじゅつ》だの……どんな出力方式を使えば、そんな技術を再現できるんだ？　そして……どんな演算をすれば、その超絶技巧《ちょうぜつぎこう》を受け入れることができるんだ？）

技術者であるが故に、波崎は皆目見当《かいもく》もつかないその技術に対して疑問を抱いているのだ。逢ケ崎グループが特許を持つダイブシステム。異常なクオリティで構築された仮想空間内に、現実と一切遜色《いっさいそんしょく》ない感覚でアバターをリンクさせる。その技術は、内部にいる波崎にとっても理解不能な代物《しろもの》であった。

（あの庭師《ガーデナー》共についても不明点が多すぎる。制作チームが作ったんだろうが……ユーザのパケット情報をリアルタイム監視《かんし》するだと？　どれだけの情報量があると思ってるんだ）

少なくとも、自分たちが普段利用しているコンピュータで再現できるような技術ではない。どう考えても、物理的に処理能力が足りていないのだから。そこまで考えて、波崎は深く嘆息しつつ思考を打ち切る。

「量子コンピュータを使った秘密《ひみつ》裏の国家事業だの、宇宙事業の技術展用だの、噂《うわさ》は様々。案外、その辺りが正解なのかもな……やっぱりお国ってことかね。くわばらくわばら」

秘密主義である制作チームの裏側を、管理チームは窺《うかが》い知ることはできない。藪《やぶ》をつついて蛇《へび》を出すこともないと、波崎は再び仕事に取り掛かったのだった。

第十八章

閑話　方々の反応　その2

「お疲れ様です、アルトリウス」

「君もね、K。後方指揮の担当、助かったよ」

「まあ、それは私以外に適任はいなかったでしょうからね」

　クラン『キャメロット』のクランハウス。その奥《おく》にある円卓《えんたく》の会議室は、部隊長を始めとした一部のプレイヤーにのみ入室を許されている、特別な場所だった。

　その部屋の中には、席を全て埋《う》めるだけのメンバーはいないものの、先日一人の男を招いた時よりは多くのメンバーが揃《そろ》っていた。部屋の最も奥にある席に座《すわ》り、アルトリウスはそんなメンバーたちの姿をぐるりと眺《なが》める。

「さて……まずは、イベントお疲れ様でした。皆《みな》さんのおかげで、今回も良い成績が収められたと思います」

　その場にいる全員を見渡《みわた》し、アルトリウスは労《ねぎら》いの言葉をかける。その言葉に対する反応は様々だ。誇《ほこ》らしげに笑《え》みを浮かべる者、恭《うやうや》しく礼をする者、顔を紅潮させて俯《うつむ》く者──

——だがそんな中で、顔を顰めている者が一人だけ存在していた。相も変わらずに気難しそうな表情を浮かべている人物に対し、アルトリウスは僅かに苦笑を零《こぼ》す。

「君としては満足いかなかったかな、K？」

「いや……結果そのものについては十分だったと思っています。事実、どのエリアよりも早く戦闘《せんとう》を終わらせたわけですからね」

「おいおい、なら何が不満だってんだ？」

「フン、決まっている。今回の成績のことですよ」

横から口を挟《はさ》んだボーマンの言葉に、Kは視線を細めながらそう告げる。

翌日GMから発表されるというイベントの成績。その結果は、敵を討伐した数で決まることは既《すで》に判明している。また、個人部門とクラン部門に分かれていることも発表されていた。だからこそ——

「今回の個人部門は持っていかれたでしょうからね。それが、少々残念です」

「ははは！　それは無茶《むちゃ》というものですよ、K殿《どの》。いかに効率よく動こうとも、個人としての戦闘能力で彼に対抗《たいこう》するのは不可能ですとも」

「……我《わ》がクランの最強殿にそう断言されてしまってはな」

笑いながら告げてくるデューラックの言葉に、Kは嘆息する。今回、協定を結んで共に戦った人物――クオンという、一人のプレイヤー。その存在は、彼がログインしたその日からずっと、『キャメロット』の面々は認識し続けていた。

曰《いわ》く、最強のプレイヤーである――いや、であった《緋《あか》の剣姫《けんき》》の師。レベルが15以上離れた相手を一方的に倒し、ログイン直後から一直線で最初のボスを撃破《げきは》した。その戦闘能力は隔絶《かくぜつ》しており、プレイヤー一個人の戦力として語ること自体がナンセンスであるとすら評されていた。

「今回、僕《ぼく》たちはクオンさんと協力して事に当たることができました。彼の戦闘能力については、十分に理解できたと思います」

「確かに、その通りですね。一個人ではなく、一組織相当の戦力として扱うべきであるというマスターの言葉……十分に理解できました」

「そりゃあそうだろうね」

深く頷《うなず》いたディーンの言葉に、軽薄《けいはく》な笑いを浮かべて肯定したのは白いローブを纏《まと》った少女だった。白髪《はくはつ》の髪《かみ》を揺《ゆ》らす彼女は、支援《しえん》部隊の部隊長であるマリン。前線まで付いてきて、周囲のプレイヤーにひたすら支援魔法《まほう》を配っていた彼女は、やれやれと大仰《おおぎょう》に肩を竦めて声を上げる。

「ただ単純な戦闘能力だけで言えば、まあ確かに滅茶苦茶《めちゃくちゃ》高いんだけど、それでも対策は立てられるレベルだろう。いかに強力と言っても彼は個人で、戦闘スタイルも偏《かたよ》りがある。メタを張られれば弱い――筈《はず》だった」

「あの叫び声のことだろう？　ははは！　ありゃあ対策どうこうの話じゃねぇからな！」

「ああ、全くその通りだよ軍曹殿《ぐんそうどの》。あの叫び声、威圧の類《たぐい》なんだろうけど……あれはどうしようもない」

金髪《きんぱつ》の大男、軍曹《Sergeant》は上機嫌《じょうきげん》に笑う。そんな彼の言葉に対し、マリンは軽薄な様子を崩《くず》さぬまま苦笑を浮かべていた。

「ただ一声叫ぶだけで、相対する軍勢の足を縫《ぬ》い付けてしまう程《ほど》の威圧。この戦略的価値は計り知れないといっていい。しかも軍曹殿の言うことには、他にもあと三つ似たような技があると」

「ま、俺《おれ》も見たことがあるのは他に一つぐらいだがな」

「まあ、とどのつまり、彼の戦闘能力はまだまだ底が知れないということさ」

マリンの言葉に、その場にいた全員が沈黙《ちんもく》する。今回の戦いでさえ、クオンが残した戦績は無茶苦茶の一言だった。それが未だ、全てを出し切ったわけではないとなれば、その反応も無理はないだろう。

「ともあれ……僕が言いたいことも理解できるんじゃないかな？」

「彼と、そして『エレノア商会』との協定か……確かに、成立すれば大きなものになるでしょうな。だが――」

「俺っちたちの仕事は、『エレノア商会』とはちっと被《かぶ》ってる。その辺りの分け方はどうするつもりだい？」

アルトリウスに対して質問を投げかけたのは、生産や調達を取り仕切るKとボーマンだった。クオンの戦闘能力については、最早《もはや》疑う余地はない。彼はその価値を見せつけていったのだから。

しかし彼らにとって、もう一つの『エレノア商会』との協定は決して他人事ではない。生産系の最大手クランである『エレノア商会』の規模は、その一点だけで見れば間違いなく『キャメロット』を超えているのだ。下手をすれば、自分たちの部隊の存在が無意味になってしまう――そんな危惧《きぐ》を抱いた二人の問いに対し、アルトリウスは淡《あわ》く笑みを浮かべて返答した。

「無論、僕らの生産活動をあちらに委託《いたく》するわけではないですよ。僕が『エレノア商会』に期待しているのは、その国家レベルに匹敵《ひってき》する運営能力ですから」

「……済まない、アルトリウス。君は何を考えている？」

「イベントの最後、あの悪魔は言っただろう、K？　悪魔の襲撃《しゅうげき》は、この世界全体で起こっていると。それはつまり、世界中で戦争が起こっているようなもの。その対処を行うのが、僕たちプレイヤーの役目であると言える……ここまではいいですか？」

　そこまで口にして、アルトリウスは円卓に着くメンバー全員を見渡す。その言葉に対し、部隊長たちは若干困惑《じゃっかんこんわく》しつつも首肯《しゅこう》していた。返ってきた反応に対して淡く笑うと、アルトリウスはゆっくりと言葉を重ねる。

「被害《ひがい》を受けた国では、当然ながら物資の問題が発生しているでしょう。それは現地人たちだけの問題ではなく、僕たち自身の補給にも関わってくる」

「……『エレノア商会』に、その補給線を担《にな》わせようと？」

「と言うより、僕が何かを依頼《いらい》せずとも、彼女は自分からそうするだろうね。現地の市場が生きているならまだしも、死んでしまっている状況《じょうきょう》では遠慮《えんりょ》する理由がない」

　アルトリウスは、エレノアを高く評価している。それこそ、クオンと同等と言えるレベルに。あの二人は、方向性こそ異なるものの、その分野に特化した天才なのだ。

　――アルトリウスが、当の二人から同じく評価されているように。

「クオンさんが道を切り開き、開かれた道を『キャメロット』《僕たち》が制し、そして『エレノア商会』がその場を整理する。この同盟の在り方は、自然とそのように落ち着くでしょう」

「……他者の目など気にせず突《つ》っ走《ぱし》るクオン殿と、商売の気配があれば目敏《めざと》く手を伸ばすエレノア殿……とても制御できるものではないと思っていましたが、そもそも制御するつもりはないということか」

「その通り、足並みを揃えるだけでも十分なんだ。どのように動くかさえ共有できれば、お互《たが》いの動く余地を確保しながら行動できる」

そう告げて、アルトリウスはその笑みを深める。爽《さわ》やかな美貌《びぼう》に、途方もない考えを奥《おく》底《そこ》に隠《かく》しながら。

「無論、折角《せっかく》の同盟体制だ。協力し合えることがあるならば、その約定も取り決めておくつもりですよ。僕らからの最前線素材の納品や、アイテム開発の共同研究……やれることはいくらでもある」

「……承知しましたよ、アルトリウス。それで詰《つ》めていくとしましょうか」

嘆息し、Kは覚悟を決める。これまでが児戯《じぎ》に思えるほどの激動がやってくることを感じ取って――それでも彼は、否、彼らは不敵な笑みを浮かべていた。

＊　＊　＊　＊　＊

「——異邦人《いほうじん》たちによって、ほぼ全《すべ》ての悪魔は排除《はいじょ》された、か」

「その通りでございます。我ら騎士団《きしだん》の武勇、示すことができず……」

「いや、それは良いのだ。異邦人たちは不死。彼らがその身を張ってくれた以上、我らが無理をすることはただの損失にしかならぬ。卿《きょう》は民の守護や護送に従事したのだ。それで良い」

「有りがたきお言葉にございます、陛下」

アルファシア王国王都、ベルクサーディ。その中心にある白亜《はくあ》の城の中——この国の主要人物が集まり、言葉を交《か》わしていた。

一般《いっぱん》には、それこそ貴族にすら明かされていない最高機密の会議。重鎮《じゅうちん》のみを集めたその場所で、国王オンストールは憂鬱に溜息《ためいき》を零していた。

「して……あの報告は、事実なのだな？」

「はい。東の戦場にて、多くの悪魔を屠《ほふ》った異邦人——悪魔殺しの男、クオン。彼は間違いなく、三魔剣の前提となる剣技を習得しておりました」

騎士団長クリストフの言葉に、広間がざわつく。とは言え、その反応も無理は無いだろう。彼らにとって、それは忘れがたい過去なのだから。

剣聖オークスと、その三人の弟子。オークスの生み出した三魔剣を受け継いだ彼らの内、《奪命剣《だつめいけん》》を受け継いだ剣士《けんし》が狂《くる》い、殺人を繰《く》り返した事件。その惨劇《さんげき》は未だ彼らの記憶《きおく》に新しく、悍《おぞ》ましく恐ろしいものとして刻まれているのだ。

「やはり危険だ！　確かに、悪魔を鏖殺《おうさつ》した実績は素晴《すば》らしいが、それほどの実力者があの剣を持つなど……！」

「そうは言ったところで、どうなさるおつもりか。異邦人は不死、いかにしたところで止める方法などないではないか！」

「ならばこのまま放置しろと言うのか！」

喧々囂々《けんけんごうごう》とした声に、クリストフは小さく嘆息を零す。議題にあがっている人物、クオンの人となりを最もよく知っているのは、この場では間違いなくクリストフだろう。

しかしそう付き合いが長いというわけでもないため、彼のことを弁護することも難しい。普段のクオンは落ち着きがあり、知性的な一面を見せていた。だが戦場における彼は、それとは全く異なる側面を見せていたのだ。

（あの姿は……嗤《わら》いながら悪魔を縊《くび》り殺していた姿は……一体、どちらが本当のクオンなんだ？　いや、だが……彼が我らを救ってくれたことに変わりはない！）

彼に対し感じていた恐れを飲み込み、クリストフは顔を上げる。そして、周囲へと響《ひび》き渡るよう、力強く声を上げていた。

「我が王よ、彼について、かの剣聖殿から話を聞いております」

「ほう……やはり、あ奴《やつ》と接触していたということか。して、あ奴は何と？」

「曰く——異邦人のクオンという男は、技術のみで言えば自分に匹敵する剣士であり、自己制御《せいぎょ》に長《た》けた剣術を扱う者である、と」

　王都の西にある港町にふらりと現れたかつての剣術指南役、剣聖オークスは、一人で悪魔の群れを駆逐《くちく》した後にクオンについて言及《げんきゅう》していたのだ。いかなる流れで出会い、そして気に入られたのかは知らないが、少なくともオークスはクオンのことを信頼《しんらい》している様子であった。何しろ——

「彼が狂うようなことがあれば、己はとっくの昔に狂い果てていただろうとも言及しておられました」

「……そうか。あ奴がそこまで断言するのであれば、相応の傑物《けつぶつ》なのであろうな。お前たち、静まれ」

　その言葉に、論争を繰り広げていた貴族たちは口を閉じる。ここで無駄口《むだぐち》を叩《たた》くような者は呼んではいないのだ。優秀な配下である彼らは、揃って王の言葉に耳を傾《かたむ》けていた。

「我らは、彼に対し恩義こそあれ、害を為《な》されたことはない。元より、異邦人である彼を縛《しば》るなど女神《めがみ》が許さんだろう……我らから、その剣士に対して働きかけをすることは禁ずる」

「しかし……よろしいのですか?」

「正しく一騎当千の兵、欲《ほ》しくないと言えば嘘《うそ》になるが……約定を違《たが》えるつもりはない」

王の言葉を聞き、落ち着いていく会議場に、クリストフは人知れず安堵《あんど》の吐息《といき》を零す。

クリストフには、彼に対する恩があるのだ。友人の娘《むすめ》を救ってくれた、その恩が。

(これで、少しは報《むく》いることができただろうか……だが、まだ悪魔の脅威《きょうい》は去ったわけではない。また、協力して貰《もら》わねばな)

不敵に笑う剣士の姿を脳裏《のうり》に浮かべ、クリストフはざわつく会議を他所《よそ》に、今後の展望について思考を巡《めぐ》らせ続けていた。

第十九章　師範代たち

「はああああああああッ！」

撃《う》ち降ろされる長大な木刀。大太刀《たち》のサイズにまで達《たっ》しているそれは、命中すれば木刀とは言え命が危《あや》ういであろう一撃《いちげき》だ。それを放ったのは、身《み》の丈《たけ》二メートルを超《こ》えている大柄《おおがら》な男――久遠神通流《くどうじんつうりゅう》の斬法剛《ごう》の型が師範代、草場修蔵《くさばしゅうぞう》だった。こちらを防御《ぼうぎょ》の上から叩き潰《つぶ》そうとする剛剣《ごうけん》を、俺は同時に木刀を振るうことによって迎撃《げいげき》する。

斬法――柔《じゅう》の型、流水《りゅうすい》。

竹別でこちらの流水を突破《とっぱ》しようとしていたようだが、僅かに角度を崩してやれば受け流せないものではない。その一閃《いっせん》はするりと横に逸《そ》れ、しかし床《ゆか》を叩くことなく停止する。以前、その勢いで床板を破壊《はかい》し、散々な注意を受けたのだ。その時の教訓は生かせているようである。それが実戦であった場合、切っ先で地面を斬《き》りつけているわけだからな。硬《かた》い地面であったら刀が折れかねない。

修蔵はそのまま即座《そくざ》に横薙《よこな》ぎの一撃を振るってくるが、それはむしろ望むところだ。俺は木刀を立て、篭手《こて》で押さえるようにしながら足を前へと踏《ふ》み出す。

斬法──柔の型、流水・浮羽《うきばね》。

修蔵の一閃の勢いに乗りながら、俺はこの男の背後に移動する。ぴたりと張り付いたまま移動すれば、他の連中も手出しはしづらいのだ。

そして──

打法──破山《はざん》。

床が割れぬ程度に抑えた威力《いりょく》で、当てた左肩《ひだりかた》から衝撃《しょうげき》を徹《とお》す。その瞬間《しゅんかん》、修蔵の巨体《きょたい》は冗談《じょうだん》のような勢いで前方へとすっ飛んでいった。

「どああああああああああああっ⁉」

「く──っ⁉」

歩法──烈震《れっしん》。

そのまま前傾《ぜんけい》姿勢に倒《たお》れつつ、修蔵の後を追うように飛び出す。そうすれば、吹《ふ》き飛ばされた修蔵に衝突《しょうとつ》しかけ、何とか回避《かいひ》していたもう一人──俺の姪《めい》たる薙刀《なぎなた》術の師範代、久遠幸穂《さちほ》に肉薄《にくはく》していた。

「っ、お兄──」

「──遅《おそ》い」

斬法──剛の型、竹別。

下から掬《すく》い上げるような一閃で、幸穂の持つ薙刀の柄《つか》を叩いて弾《はじ》き飛ばす。流水で受け流そうとしていた様子ではあるが、体勢が崩れている状態では俺の一撃を受け流すには至らない。両腕《りょううで》を撥《は》ね上げられた幸穂は、僅かに仰《の》け反《ぞ》るような体勢だ。俺はそんな彼女へと更《さら》に接近し、その踵《かかと》の後ろへと足を踏み込みながら振り上げた刃の柄を放った。

打法──討金《うちがね》。

「ふぎっ⁉」

軽くではあるが柄尻《つかじり》で額を打たれ、幸穂は背中から転倒《てんとう》する。何とか受け身は取っていたものの、額の痛みで起き上がれないようだ。後で色々と言われるだろうとは思いつつも、俺は横薙ぎに木刀を振るう。

斬法──柔の型、刃霞《はがすみ》。

振り返り様の一閃は短いサイズの木刀に受け止められ──その瞬間、俺の一撃は跳ね返ったかのように軌道《きどう》を変えて、こちらに攻撃《こうげき》を繰り出していた男、柔の型の師範代である水無月蓮司《みなづきれんじ》の肩口《かたぐち》を狙《ねら》っていた。もう片方の小太刀《こだち》でこちらに攻撃を仕《し》掛けようとしていた蓮司であるが、攻撃を受けてはたまらないと中断して防御へ動く。その瞬間に、俺は刃に力を込めた。

斬法――剛の型、竹別。

「ぐ、お……ッ！」

一閃に押し切られそうになり、蓮司は咄嗟《とっさ》にもう一方の木刀で俺の木刀を受け止める。交差する小太刀で俺の一閃を受け止めた蓮司であったが、その重さに耐《た》えきれず膝《ひざ》が折れてしまっている。足を潰したならばどうとでもなると踏み出し――そこに、二つの気配が接近してきた。

「ぬん……ッ！」

「はあああっ！」

それは、動きを止めた俺に一撃を加えようと迫《せま》る明日香《あすか》と、打法の師範代である獅童厳《しどうげん》太《た》である。

機を窺っていたか、俺が足を止める瞬間を狙っての行動だ。蓮司ならば俺の足を止めることはできるだろうと狙って、そのタイミングを合わせてきたのだ。確かに、良い判断だと言えるだろう――だが、ほんの少しだけ疑念があったのだろう。それにはワンテンポ遅かった。

「よっと」

「何ッ⁉」

「ちょっ――」

俺は地を蹴《け》り、受け止められている木刀を支点として蓮司の頭上をぐるりと回転する。明日香たちの攻撃は蓮司に命中しかけて急ぎ動きを止め――その無理な制動から、僅かに動きが止まっていた。

着地間際《まぎわ》に蓮司の背中を蹴り飛ばし、ぐるりと放った振り向き様の一閃で明日香の木刀を弾き飛ばす。そして蓮司と衝突して足がもつれた厳太へと木刀の切っ先を突きつけ、蓮司の足を踏みつけたところで全ての動きが止まっていた。

「ふぅ……よし、こんなもんだろう」

「うっす……師範よぉ、何か俺にだけ遠慮がなくなかったか？」

「お前は頑丈《がんじょう》だからな。多少は本気でやっても問題ないだろう？」

破山で吹き飛び、壁《かべ》に激突《げきとつ》していた修蔵が、強打したらしい顔面を押さえながら抗議《こうぎ》してくる。それに対して木刀で己《おのれ》の肩を軽く叩きながらそう告げれば、修蔵は深々と嘆息を零して肩を落としていた。まあ、そう言う本人こそ、何の遠慮もなく剛の型を叩き込んでくるのだ。多少手荒《てあら》くやった所で罰《ばち》は当たらないだろう。

「さて、今日の乱取りはこれで終わりだ。各自、反省点を探して次に生かせよ」

「承知しました、師範代《しはんだい》。しかし……最近また、腕《うで》が上がっているようですが」

「ん？　いや、そんなことはないと思うがな……まあ、昔の勘《かん》が取り戻せてきている実感はあるが」

「昔の勘？　それは……」

俺の返答に対し、蓮司は視線を細め——その視線を、明日香の方へと向けていた。気付けば、他の師範代たちも同様に、明日香へとその視線を集めている。それを向けられた当の明日香はと言えば、表情を引き攣《つ》らせ、若干慌《じゃっかんあわ》てた様子で俺に駆け寄り強引に背中を押していた。

「さ、さあ行きましょう先生！　今日はやることありますもんね！」

「あん？　ああ、そう言えばそうだったな……んじゃ、サボるなよお前ら」

背中を押してくる明日香に導かれるまま、稽古場《けいこば》を後にする。しかし、そんな俺たちの姿が扉《とびら》から消えるまで、師範代たちの視線はずっと途切《とぎ》れぬままだった。

＊　＊　＊　＊　＊

ログインして感じたのは、普段よりも弛緩《しかん》した空気――まあ要するに、祭の際に感じるような雰囲気《ふんいき》だった。悪魔共の大襲撃からこの街を守り切れたのだ。現地人たちが浮《う》かれるのも無理はないであろうし、イベントの結果発表は異邦人たちにとっても気になる話だ。結果として、このような半ば祭のような状況へと発展していたのだろう。

「……若干裏を感じないではないがな」

すっかりと親しい間柄《あいだがら》となったエレノアのことを思い浮かべながら、俺は取りだした従《じゆう》魔結晶《まけつしよう》でルミナを呼び出す。

あの商魂《しようこん》たくましいエレノアのことだ。この状況を利用してセールでも行っているに違いない。まあ、ただの想像に過ぎないのだが……エレノアがこの状況で何もしないとは考えづらい。『エレノア商会』に行って確かめてきてもいいのだが、成績発表まであまり時間も無い。ここは後回しにしておくべきだろう。

「お父様、何だかとても明るい雰囲気ですね？」

「戦勝だからな。よく見ておけ、お前が護《まも》ったものの一端《いつたん》だ」

「……私が？」

「お前が悪魔を斬ったことで、救われた者がいたということだ。そのことを、よく理解しておけ」

戦場に立つ心構えというものは、そう容易《たやす》いものではない。俺とて、今に至るまでに多くの葛藤《かっとう》があったのだ。後ろを顧《かえり》みて、そこに価値を見出《みいだ》す生き方も考えなかったわけではない。尤《もっと》も──俺にその生き方は合わなかったわけだが。

ちらりと確認《かくにん》すれば、ルミナはこの周囲の光景を目にし、淡く笑みを浮かべていた。どうやら、何かしら思う所はあったようだ。

「……私にも、できることがあったんですね」

「お前は、自分でやりたいことを選んでここまで進んできた。だが、その結果がお前自身にしか影響《えいきょう》を及《およ》ぼさないなんてことはない。それは良い意味でも、悪い意味でもな。だからこそ、よく考えることだ」

「はい、ありがとうございます、お父様」

ヴァルキリーへと進化し、戦ったルミナは、ある意味一つの目標を達成したようなものだ。俺の剣《けん》に憧《あこが》れ、剣で戦う道を選んだ妖精。その果てに得た答えであるが、彼女《かのじょ》の道はまだ続くのだ。未《いま》だ学ぶことは多い。戦う術以外にも、教えていかなければならないだろう。オークスが言ったように、ルミナは俺の弟子《でし》というわけではないが、顧みてやる必要がある筈だ。視線を細めて周囲を眺めているルミナの姿に思わず笑みを零し──そこで、近づいてくる気配へと視線を向けた。

「済みません、先生。少し待たせてしまいました？」

「大した時間じゃない、気にするな……とはいえ、あまり時間的余裕《よゆう》はないがな」

「ですね……さっさと行きましょう」

成績発表が行われるのは、この街の中心地である王城の前だ。王がスピーチを行うための構造となっているため、かなり広いスペースがあり、聴衆《ちょうしゅう》に話を聞かせるにもちょうどいい構造となっている。

とはいえ、それでも全てのプレイヤーを敷地内《しきちない》に収めることは不可能だろう。そういった、広場に入れなかったプレイヤーについては、動画配信による生放送で見ろということらしい。まあ、俺たちについては既に対策しているのだが。故《ゆえ》に慌てることなくのんびりと歩きながら、俺は隣《となり》を歩く緋真《ひさな》へと問いかける。

「で、緋真。成績発表ってのはどんな基準での発表になるわけだ？」

「ええと……表彰《ひょうしょう》は個人部門、パーティ部門、クラン部門に分かれていて、主に敵の討伐《とうばつ》数と現地人の護衛が評価項目《こうもく》になってるそうです」

「現地人の保護ねぇ……東側は全く攻撃を受けなかったが？」

「その場合は全体に大きくボーナスが付いてるらしいですよ。成績上位者には賞品もあります」

悪魔《あくま》共をまとめて威圧《いあつ》してしまったのは、果たしてどのように計上されているのか、というのは少々気になるが。その辺りはこちらで計算できるわけでもないだろうし、計算式は気にしても仕方ないだろう。

とにかく、討伐数が計算に組み込まれているのであれば、俺は中々に良い成績を収められたのではないだろうか。少なくとも、個人での討伐数はトップクラスである自信がある。

そう考えると、こういった発表というものも少々楽しみではあった。

「それで、先生。席は取ってあるって言ってましたけど……」

「ああ、装備の修復を依頼しに行った時に、エレノアから誘《さそ》って貰ったんでな。あいつらなら、席の確保には困らんだろ？」

「確かに、そうですね。あとで修理した装備も受け取りたいですし」

破損寸前までいった武器も、フィノの手にかかれば新品同然まで戻《もど》すことができる。まあ、流石に緋真の使っていた一振《ひとふ》り、折れてしまった白鋼の打刀については造り直しだが。

使い切ってしまうならまだしも、受け損《そこ》なって折るというのは少々見過ごせない事態ではあったが――それに関する説教は既に済ませている。

「あ、お父様、あそこに商会の方々がいますよ」

「おお、よくやった、ルミナ」

人の姿が多くなり、周囲の見通しが悪くなった状況で、少しだけ翼《つばさ》で飛び上がったルミナが『エレノア商会』の面々を発見していた。光り輝《かがや》く翼を広げたルミナの姿は目立っていたのか、向こうも反応してこちらに手を振《ふ》っていた。どうやら、トップであるエレノア当人が出張ってきたようだ。

「よう、今日は仕事はいいのか？」

「仕事って言うかゲームなんだけどね。いや、仕事でいいのかしら……？　まあとにかく、私がいないと回らない部分については昨日のうちに終わらせておいたから、問題はないわ」

まあとにかく、色々と忙《いそが》しそうな様子ではあるが、時間の捻出《ねんしゅつ》程度は問題ないらしい。ゲームの中でまで、そんな仕事のような動きをせんでもいいのでは、と思うのだが……エレノアの場合、そうでなければ既に組織が動かない状況にまでなってしまっているようだ。高い能力故の弊害《へいがい》と呼ぶべきなのか……どうも、エレノアにはワーカホリックの気があるような気がしてならない。

「場所はもう確保してあるわ。行きましょう」

「ああ、世話になる」

発表が始まるのは数分後だ。席を取ってあるとはいえ、これ以上のんびりしている暇《ひま》はない。エレノアには軽く礼を返しつつ、俺たちは発表会場へと足を踏み入れていった。

第二十章　成績発表

王城前の広場、国王からのスピーチが行われるための場所。そこでは、既に多くのプレイヤーが詰めかけ、ごった返している状況だった。一応、席が設けられていることもあり、通路そのものは確保されている。人々の間を縫うように進んでいけば、そこには『エレノア商会』のトップ生産職の姿があった。

「あ、姫《ひめ》ちゃーん、ルーちゃーん」

「やっほー、フィノ」

「お世話になっています」

相変わらず寝《ね》ぼけた面《つら》で手を振っているフィノの姿に、緋真《ひさな》とルミナは相好を崩す。まあ、彼女にはすっかりと世話になっている。最も交流のあるプレイヤーは、恐《おそ》らく彼女だろう。見れば伊織《いおり》や勘兵衛《かんべえ》たちの姿もある。クランの運営の方は大丈夫《だいじょうぶ》なのか、と一瞬《いっしゅん》考えたが――エレノアが大丈夫だと言っている以上は問題ないのだろう。

小さく苦笑《くしょう》を零しつつ、俺たちは商会の面々の隣に腰《こし》かけた。

（しかし……）

フィノと談笑《だんしょう》している二人を尻目《しりめ》に、俺は周囲の気配へと意識を向ける。普段《ふだん》から視線を集めている自覚はあるが、今日のそれはどうも普段とは様子が異なるものだ。負の感情を交えた視線と、それに加えて隔意《かくい》のようにも感じる視線。

無論、それに心当たりがないとは言わない。現実でも度々《たびたび》、このような視線には晒《さら》されてきたのだ。一々気にしていても仕方ないし、特に何かしてこない以上は無視するだけである。むしろ、余計な干渉《かんしょう》が無くなるだけ都合がいいかもしれない。

「……貴方《あなた》も派手にやったものよね」

「相手の数が数だったからな。久しぶりに本気で戦ったよ」

「でしょうね。おかげで、色々と厄介《やっかい》なことになったみたいだけど」

エレノアは武人ではない。俺に向けられている視線の気配に気付いているわけではないだろう。だが、彼女には人並外れた情報収集能力がある。この現場の状況以上のことを、彼女が知っていてもおかしくはない。

「チートを疑われているのは……まあ、上位のプレイヤーにはよくあることだけど」

「何だ、そのチートってのは？」

「ああ、今更《いまさら》だけど初心者なんだったわね。チートは……色々と定義はあるんだけど、簡単に言えば違法《いほう》な改造での強化って所かしら」

「はぁ？　そんなこと、俺にできるわけがないだろう。機械音痴《おんち》とまでは言わんが、そんなもんのやり方なんぞ知らん」

「でしょうね。と言うか、そんなことを成功させたなんて話は今まで一度も聞いたことがないわ。このゲーム、並大抵《なみたいてい》のセキュリティじゃないって話だし」

エレノアの言葉は一部理解できなかったが、俺には不可能な芸当であるということは理解して貰ったようだ。しかし、成《な》る程《ほど》。違法行為《こうい》に手を染めたと思われているわけか。いや、疑念の段階なのか？

まあ何にせよ、そういった理由で警戒《けいかい》されていることは理解できた。

「ま、気にしないでおくさ。何もおかしなことはしていないんだからな」

「いや、おかしいことはおかしいと思うわよ？　一応、運営からのお墨付《すみつ》きがあるわけだし、問題はないんでしょうけど」

「運営から？」

「貴方がやったことに対して問い合わせが殺到《さっとう》したんでしょうね、公式サイトで貴方の行動に不正行為がないことが正式発表として出されていたわよ」

「……我ながら、中々妙《みょう》なことになっているな」

まさか公式発表をされるとは思わなんだ。

とは言え、問題がないと明言されているのであれば堂々としていればいいだけの話だ。何か言われたところで、探《さぐ》られて痛む腹があるわけではないしな。

そう判断して周囲の視線を完全に無視した所で、広場の中心、ステージのようになっている場所に変化があった。ステージの両脇《りょうわき》、ちょうど中央を空けるような形で、二本の光の柱が発生したのだ。その唐突《とうとつ》な変化に周囲がざわつく中、光の柱が内側から弾《はじ》けるように、二人の人影《ひとかげ》が出現する。

それは――

「天使、か……?」

「運営アバターね。運営のアバターは、女神アドミナスティアーの使いであるという設定らしいわよ」

「ふむ、女神の使い、ね」

ルミナの光の翼とは異なる、生物的な白い翼を背中に生やした二人の少女。その由来を聞き、俺は思わず胸元《むなもと》を押《お》さえた。以前から装備したままの、アドミナ教の聖印。その女神とやらを祀《まつ》っているのがアドミナ教であったはずだ。

「運営は女神の立場ってことか?」

「さあ……？　世界観の設定の考察は『ＭＴ探索会《たんさくかい》』の専門だし、私はそこまでよく知らないわ」

今考えたところで、答えは出ないだろう。ここは気にせず、運営の話に耳を傾けておくとするか。二人の天使はゆっくりと壇上《だんじょう》に舞《ま》い降《お》り、揃《そろ》った動作で礼をしていた。どこか、機械じみた印象を受ける動きだ。運営のアバターと言うが、人間が操《あやつ》っているわけではなさそうである。

「皆様《みなさま》、どうか静粛《せいしゅく》にお願いいたします」

「異邦人の皆様、ようこそいらっしゃいました」

「これより、ワールドクエスト《悪魔の侵攻《しんこう》》に対する報告を行います」

やはり機械的な棒読みの言葉と共に、周囲のざわめきが一斉《いっせい》に収まっていく。いや――これは、周囲の音の大きさを強制的に小さくしたのか？

まあ何にせよ、これによって話は聞き易《やす》くなっただろう。

「まず初めに、ワールドクエストに参加していただいた皆様に、この方からのご挨拶《あいさつ》がございます」

「皆様、上方をご覧くださいませ」

告げて、運営アバターたちは頭上を示す。

釣《つ》られるように視線を上げれば、頭上にあるテラスに、人影が現れていた。王冠《おうかん》を被り、豪奢《ごうしゃ》なマントを羽織った壮年《そうねん》の男性——その姿からも、彼《かれ》が何者であるかは容易に想像がつくだろう。

「異邦人の諸君。余は、オンストール・アウグスト・ゼラ・アルファシア——アルファシア王国が国王である」

低く威厳《いげん》のある響きに、俺《おれ》は僅《わず》かに視線を細める。その一言だけで、場の空気を飲み込んでしまった。やはり、国王というだけはあると言うべきか。

「諸君らの働きにより、我《わ》がアルファシアは未曽《みぞ》有《う》の危機を脱《だつ》することができた。その奮《ふん》闘《とう》、実に大儀《たいぎ》であった！」

国王はぐるりと俺たち全体を見渡《みわた》し——ほんの僅かに、その視線を止める。その視線は間違《まちが》いなく、俺へと向けられていた。内に秘《ひ》められている感情は警戒か、或《ある》いは——

まあ、色々と心当たりがないわけではない。大っぴらに敵対されていないのならば問題はないだろう。

「諸君らの働きに、ささやかながら報酬《ほうしゅう》を用意した。今後の悪魔との戦いに役立てることを期待する」

『——通常イベント報酬を配布します』

国王のその言葉と共に、俺たちの目の前にウィンドウが表示される。そこに表示されていたのは、今の言葉通りプレイヤーに対する報酬だった。金額はそう多くはないが、金や各種悪魔の素材類、それからポーションと——スキル枠《わく》の増設チケットか。素材やポーションでは確かにささやかでしかなかったが、スキル枠が増えるとなれば中々のものだ。

さて、《魔力操作《まりょく》》はこの前取得したし、次は何を取得するべきか。

「では、後のことは使徒殿《どの》にお任せする。諸君らの更なる活躍《かつやく》を楽しみにしているぞ。さらばだ」

報酬に盛り上がるプレイヤーたちを尻目に、国王はさっさと退場する。どうやら、向こうもあまり俺たちには関わらない方針なのか——いや、関われないのか？

何かしらの制約はあるように思えるが、その辺りは俺が持っている情報では判断が付かない。『MT探索会』とやらなら何か知っているのかね。

「通常報酬の配布が完了《かんりょう》しました」

「次に、成績上位者に対する特別報酬の配布に移ります」

相変わらず、淡々《たんたん》とした調子で運営アバターたちは話を続ける。どうやら、ようやく本題に移るらしい。イベントでの成績と、その成績に応じた特別報酬——さて、どうなっているのことやら。子供じみているとは思うが、やはり勝敗というものは気になってしまうものだ。

「個人部門の成績から発表します」

「成績はポイント制です。ポイントは悪魔の討伐によって加算され、反対に戦闘《せんとう》エリアの被害状況《ひがいじょうきょう》に応じて減算されます」

「爵位《しゃくい》級悪魔やデーモンナイトの場合はより多くのポイントが加算されます」

「それでは、順位を発表します。ご注目ください」

淡々と告げて、二体の天使は同時に腕を掲《かか》げる。その示した先、壇上の中心部には、俺たちが普段操作するものと同じデザインのウィンドウが表示されていた。個人部門と記載《きさい》されたそれに表示されているのは、十本の横線である。それは下から順番に外れ、成績上位者のプレイヤーたちの名前が表示されていた。

■個人部門成績順位

1位：クオン
2位：緋真
3位：デューラック
4位：皐月森《さつきもり》

5位：アルトリウス
6位：ディーン
7位：ライゾン
8位：JADE
9位：スカーレッド
10位：アリシェラ

その結果に、ふむと呟《つぶや》く。アルトリウスはもう少し上になるかと思っていたが、指示で忙しかったか。それに関しては、俺が戦場を引《ひ》っ掻《か》き回していたのが原因だろう。成績に響いたとなると少々悪いことをした気になるが……あの男のことだ、そこは大して気にしてはいないだろう。どうせ、クラン部門では1位だろうからな。

「流石《さすが》ね。おめでとう、クオン。けどこれ、減算計算が中々きついみたいね」

「そうなのか？」

「ええ、多少被害《ひがい》を出したウチや、被害度外視で殲滅《せんめつ》を優先した『クリフォトゲート』は殆《ほとん》ど入っていないわ。大体は貴方たちと『キャメロット』と『剣聖連合』ね。10位の名前は見たことがないけど」

つまり、運営の意図はそちらであったということか。図《はか》らずとも、アルトリウスの思惑《おもわく》が正解だったというわけだ。それでも緋真が2位を取れているのは、恐らく俺が来る前にデーモンナイトを狩り尽《つ》くしていたからだろう。周囲の護衛のため、大物をひたすら狩り続けていたらしい。尤も、そのおかげで爵位悪魔《しゃくいあくま》に付け狙われることになったわけだが。

ともあれ、成績の順位に周囲がざわめく中、壇上の天使たちはそんな反応を気にした様子もなく続けていた。

「それでは、使徒フラウゼルより特別報酬の授与《じゅよ》が行われます」

「おいでください、使徒フラウゼル」

その言葉と共に、成績順位表の前方に再び光の柱が発生する。そこから現れたのは、先《さき》程《ほど》の二体と同じく天使の姿をしたアバターだ。ただし——その表情は、先の二体と違って無表情ではない。人間らしい、感情の色が見える表情だった。

「皆《みな》さん、こんにちは。GMフラウゼルです。ここからは、管理者GMである私も交えて進行します」

どうやら、人間が操っている運営アバターもあるようだ。名前を名乗っている辺り、普段から姿を現しているGMなのだろうか。

「……クオン、GMが出てきたのって貴方のための措置《そち》じゃない？」

「俺のやったことに対する説明のため、ってか？」

「管理者ＧＭの答えじゃ信じる他ないものねぇ」

からからと笑うエレノアに、こちらは苦笑を返すしかない。騒《さわ》ぎになってしまっていることは間違いのない事実、エレノアの言葉を否定することはできなかった。

しかし、何故《なぜ》途中《とちゅう》から出てきた？　国王がいる場所では都合が悪かったのか？　そんな疑問を抱《いだ》き首を傾《かし》げている内に、フラウゼルというＧＭは話を進めていた。

「では、個人部門第１位のクオンさん、前にどうぞ！」

「む――!?」

その声が響いた途端《とたん》、俺の周囲が青い光に包まれる。そして次の瞬間、俺は一瞬で壇上に移動させられていた。椅子《いす》に座《すわ》った体勢のまま浮いており、困惑《こんわく》しつつも足を地面へと向ければ、そのままゆっくりと着地する。視界いっぱいに広がるのは、様々な感情を込めて俺へと向けられる視線の山。

多すぎる気配に眉根《まゆね》を寄せつつも、俺は横に立つＧＭへと視線を向けた。

「……呼び出すのであれば、あらかじめ言っておいてほしかったのだが」

「ああ、ごめんなさい。一応、公式サイトでは告知していたのですが、ここでは説明しておりませんでしたね。どの部門でも、１位の方は呼び出すことになっています」

「あー……そうか、了解《りょうかい》した」

となると、パーティ部門でも呼び出される可能性があるわけだが。まあ、あらかじめ告知されていたのであれば文句は言うまい。

「えー、クオンさんの成績ですが……爵位級悪魔が２体、デーモンナイトが７体、大型レッサーデーモンが36体、その他が……え、これ本当ですか？」

「事実です。使徒フラウゼル、そのまま読み上げてください」

「……失礼しました。その他のレッサーデーモン及びスレイヴビーストが１１０７体。合計１１５２体の討伐です！　えー、信じがたいですが、管制システムの集計なので間違いはないようですね」

《一騎《いっき》当千《とうせん》》の称号《しょうごう》を取っていたから分かってはいたことだが、千体を超えていたか。我ながら、中々に暴れたものだ。南の爵位級悪魔の討伐にもう少し時間がかかっていたら、更に記録を伸《の》ばせていたのだが。

「映像記録でも見ていましたが、信じられない記録ですね……何か、乱戦時のコツとかってあるんですか？」

「コツねぇ……本来はそもそも乱戦にすることが間違いだ。アルトリウスや『剣聖連合』のように、理路整然と敵を処理した方が良い。俺は単純に、そのまま大将首まで向かえる手段があったから実行しただけだ」

「は、はぁ……そ、その手段っていうのは？」

「そりゃあウチの飯の種だからな、流派の秘伝は明かせんよ。極論で言うなら、『相手の攻撃に当たらずにこちらの攻撃を当てる』ってのを続けるだけだが」

面倒《めんどう》な手合いは増えそうであるし、多少のリップサービスはしておくことにする。俺が何らかの武術流派を扱《あつか》っていることは、これで事実として認めたことになる。緋真の件で半ば暗黙《あんもく》の了解と化していただろうが、これで正式に喧伝《けんでん》することとしよう。

「何だか分かるような分からないような……とりあえず、特別報酬の授与に移りましょう！　個人部門1位の授与に移りましょう！　クオンさんに授与される報酬は、これです！」

その言葉と共に、フラウゼルは勢いよく空中のモニターを示す。次の瞬間、その画面に演出と共に映し出されたのは――説明文と、一振りの太刀の画像。

「二つ名称号スキル、《剣鬼羅刹《けんきらせつ》》！　そして、成長武器『餓狼丸《がろうまる》』です！」

――その映像に映し出された刀の姿に、俺は思わず眼を見開いて言葉を失っていた。

第二十二章　餓狼丸の謎

――その一振りは、俺にとってあまりにも見覚えのあるものだった。一体俺は、どれほどその雄姿《ゆうし》を目にしてきたことだろうか。柄や鍔《つば》の色など、俺の見知っているものとは異なる部分もある。だが、刃《やいば》の反りも、刃文も、刀身の長さも……それら全てが、俺にとっては目に焼き付いて離《はな》れない一振りだったのだ。

あれは――

「……天狼丸重國《てんろうまるしげくに》。そんな、馬鹿《ばか》な」

「『聖剣《せいけん》コールブランド』に続く二つ目の成長武器！　ご存知《ぞんじ》の方も多いとは思いますが、成長武器は敵を倒すことで経験値を獲得《かくとく》し、使い手と共に強化されていく武器です。このアイテムは譲渡《じょうと》不可、本人以外には装備不可のアイテムとなります」

俺の小さな呟きは、報酬の解説を行うGMには聞こえなかったのだろう。その間に、俺は一度深呼吸して動揺《どうよう》を鎮《しず》めた。我ながら、あの刀を見ただけで動揺してしまったのは未熟の極《きわ》みだ。だが、それでも疑問は尽きない。何故《なぜ》この刀が、このゲーム内にあるというのか。

「では、早速《さっそく》特別報酬の授与を行います。クオンさん、こちらへ」

「……ああ」

気になることはあるが、受け取らなければ始まらない。フラウゼルに促《うなが》されるまま目の前まで移動すると、彼女はその腕を広げるように前に差し出していた。そして次の瞬間《しゅんかん》、金色の光の粒子《りゅうし》が集まるように、彼女の手の中へと集束する。そこに現れたのは——黒い鞘《さや》と黒い鍔、黒い柄の目立つ一振りの太刀《たち》。

小さく頷《うなず》いた彼女に目礼し、俺はその一振りを握《にぎ》った。

『成長武器『餓狼丸』を入手しました。成長武器のヘルプが追加されます』

『称号《剣鬼羅刹》を取得しました』

それと同時に、二つのインフォメーションが耳に入る。称号スキル……これは、緋真《ひさな》の持っている《緋《あか》の剣姫《けんき》》と似たようなものだろう。あの妙なスキルを自分も手に入れるというのは少々微妙《びみょう》な気分だが、今はそちらを気にしている場合ではない。今確認すべきは、先ほど目にしたこの太刀だ。そう己に言い聞かせて柄を握り——俺は確信した。

(間違いない、間違えるはずがない……これは、これは、天狼丸重國だ)

柄を握っただけで分かる、これは間違いなくあの刀だ。

そのまますらりと抜《ぬ》き放てば、輝く刀身が露《あら》わになる。二尺六寸五分、反りの浅い鋒《きっさき》両刃造《もろはづくり》の一振り――その形状、重さ、重心のバランス、全てがあの刀と同一だった。そう、あのジジイの愛刀である、天狼丸重國と。

天狼丸重國は、久遠神通流《くどうじんつうりゅう》に伝わる宝刀であり、我らにとっては至上至高の刀である。この刀工の刀は全て久遠神通流が扱う上で最適化されており、その内の最高傑作《けっさく》こそが天狼丸重國の名を冠《かん》している。実際のところ、これに関しては真打が一振りと影打《かげ》が複数存在しており、真打は未だうちの家の蔵《くら》の奥《おく》に秘蔵されている。ジジイが持っていたのは影打の一振り、最高の刀というわけではないが、それでも凡百《ぼんぴゃく》の刀とは比べ物にならぬほどの名刀だった。

あのジジイは、俺にあの刀を使わせることはなかった。だが、二十歳《はたち》の祝いだと言って、一度だけ握らせて貰ったことがあったのだ。握り、抜いて、ただ数度振《ふ》るっただけ。ただそれだけで、俺にとっては忘れがたい記憶《きおく》として脳裏《のうり》に刻まれている。これほどの刀があるのか、と。名刀とは、これほどまでに違《ちが》うものなのかと。

「……GM、アンタはこの刀の由来を知っているのか」

「――え？　あ、は、はい⁉　えっと、由来、ですか？」

「この刀は、現実に存在する刀だ。どうやってこのデータを手に入れた？」

「そ、そうなんですか？　私は制作側の事情は把握《はあく》しておりませんので……その本物のデータを取って再現したということでは？」

「……分かった」

あのクソジジイが刀を奪《うば》われるということはあり得ない。であれば、あのジジイはこのゲームの制作陣《じん》と関わりがあるということか？　出奔《しゅっぽん》して以来行方《ゆくえ》が知れないジジイであるが、何故《なぜ》唐突《とうとつ》にゲーム制作に協力を？

……連絡《れんらく》が付かないため何をしているのかは分からないが、どうやら温泉道楽というわけではなさそうだ。

（問い詰《つ》めにゃならんことが増えたな……だが、この刀を扱えるのは素晴《すば》らしい）

餓狼丸と名付けられた、この黒い刀。由来がどうあれ、この造りは紛《まぎ》れもなく天狼丸重國のものだ。あの名刀と同じものを扱えるのであれば、俺にとってこれほど嬉《うれ》しいことはない。これがあれば、より効率的に敵を斬《き》ることができるだろう。

餓狼丸を鞘に納め、俺は小さく笑《え》みを浮かべた。

「2位以降の入賞者の方々にも、個別に賞品を送付させていただきます。後ほど、メールをご確認ください。それでは、このままパーティ部門の表彰に移りたいと思います」

また、中々あっさりとしたものだ。俺に関する騒ぎの件で出てきたのだと思ったのだが

――これはどちらかと言うと、問題が起こった際の対処の為《ため》と言った所か。一応、公式サイトの記載が運営の見解であるということなのだろう。

「パーティ部門では、パーティリーダーの名前で順位を発表していきます！　それでは、こちらもサクサクと出していきましょう！　クオンさん、少し横に避《よ》けていてください」

「ああ、承知した」

どちらかと言うとさっさと戻して貰いたかったのだが、この状況《じょうきょう》では仕方あるまい。というか――どちらかというと、これはわざと戻さなかったのだろうか。若干《じゃっかん》半眼になりつつ、再び中央に出現した画面へと視線を向ければ、先程と同じように十人の名前が順番に表示されていた。

■パーティ部門成績順位
1位：クオン
2位：アルトリウス
3位：皐月森《さつきもり》
4位：K
5位：エレノア

6位：JADE
7位：ライゾン
8位：プロフェッサーKMK
9位：スカーレッド
10位：蘇芳《すおう》

流石にパーティは微妙かと思っていたのだが、どうやら思ったよりも多くを狩れていたらしい。これに関してはアルトリウスの采配《さいはい》に感謝するべきか。北の戦場に移らなければ、恐らくアルトリウスたちの方が成績は上だっただろう。

「なんとなんと！　パーティ部門においても、クオンさんが1位となりました！　おめでとうございます！　テイムモンスターの子も一緒《いっしょ》に壇上へどうぞ！」

「――――わっ⁉」

先ほどの俺と同じように、唐突に壇上に出現したルミナは、驚《おどろ》いて背中から光翼を出現させていた。唐突に空中に浮かんでいれば驚くのも無理はないが、中々大きな反応になってしまったな。

予想通りと言うべきか、光の翼を広げたルミナの姿に、聴衆たちからはどよめきが上がっていた。まあ、こちらに関しては好意的な感情が多いようだったが。

「クオンさんのパーティは、クオンさんとテイムモンスターのルミナちゃんの二人だけとなります。と言うか、二人だけでよくそこまで行けましたね？」

「普通《ふつう》に狩ってただけなんだがな」

「私は、お父様に付いていくだけで精一杯《せいいっぱい》でした……」

ふわりと浮《う》き上がって俺の隣に着地したルミナは、嘆息《たんそく》を零《こぼ》しながらそう口にする。精一杯とは言え付いてきたのだ、それは十分に誇《ほこ》れることだと思うのだが。

ともあれ、1位を取れたことは喜ぶべきことだろう。

「ポイントとしては、2位のアルトリウスさんとはほとんど僅差《きんさ》でした。六人パーティでも追い付けなかったことが驚きでしたが、討伐数を見るとちょっと納得《なっとく》ですね」

「……私、そんなに敵を倒《たお》せていましたでしょうか？」

「俺が動きを止めて、お前がトドメを刺《さ》すってパターンも結構あったからな。数は稼《かせ》げていたんじゃないか？」

ルミナにとっては、あれは自分の手柄《てがら》であるとは考えづらいのだろう。とは言え、あれらにトドメを刺したのがルミナであることは事実。それがパーティの討伐数として計上されているのだから問題はあるまい。

「さて、気になる特別報酬ですが……1位になったクオンさんパーティには、このアイテムが配布されます」

ばん、と効果音と共に画面に表示されたのは、何やら白銀に輝くオーブのような物体だった。そのような色ではなかったが、以前にゲリュオンを倒した際に手に入れたスキルオーブに似ているように思える――というか、隣に書かれている名称は正しくスキルオーブだった。しかし、あの時手に入れたスキルオーブとは、少々名称が異なる様子だ。

「こちら、『無記名のプラチナスキルオーブ』です！」

「無記名、とは？」

「はい、無記名のスキルオーブとは、様々なスキルから選んで一つを習得できるスキルオーブです。通常のスキルオーブでは一種類の決まったスキルのみの習得となりますが、無記名のスキルオーブの場合は複数のスキルの中から選んで習得することができます」

ふむ、あの時俺が手に入れたのは《死霊魔法《しりょうまほう》》のスキルオーブだったが、あれがもし無記名だったならば、攻撃《こうげき》だろうが回復だろうが好きなスキルを習得できたということか。成程、それは中々に興味深い。先ほど手に入れたチケットで増やすスキルスロットに、面白《おもしろ》いスキルを入れられるかもしれないな。

そうして、どのようなスキルがあるのか想像を巡《めぐ》らせていた俺に、ＧＭフラウゼルは若千申し訳なさそうに視線を伏《ふ》せて口を開いた。

「申し訳ないのですが、テイムモンスターはスキルオーブを使えないため、クオンさん一人のみの配布となります」

「俺は構わんが……」

「いえ、私の分をお父様に差し上げるべきです！」

「あー、ごめんなさい、元々このスキルオーブは一人一個しか手に入らない、譲渡不可アイテムなんです。なので、ルミナさんの分をクオンさんに分配することはできません」

正直、開いているスキル枠は一つだけなので、スキルが二つ増えても困るのだが。

と——そんなことを考えていた所で、脇《わき》に無言で控《ひか》えていた他の管理アバターが唐突にこちらへと接近してきた。

「神託《しんたく》が下りました。テイムモンスターへの特別報酬にはこちらをどうぞ」

「お？　おう……何だこりゃ？」

「『神威《かむい》の刻印』。装飾《そうしょく》アイテムとなります」

差し出されたのは、一枚の札のようなアイテムだ。確かに、装備であればルミナも扱うことができる。しかし、どのような効果があるのか……疑問符《ぎもんふ》を浮かべつつ受け取ると、運営アバターは空いた手を巨大《きょだい》な画面へと向けていた。その瞬間、画面には今のアイテム、

『神威の刻印』の効果が表示される。それを読んでも良かったのだが、運営アバターは淡々とした口調のまま説明を行っていた。

「『神威の刻印』は特殊《とくしゅ》な装飾《そうしょく》アイテムです。装備すると右手の甲《こう》に刻印が刻まれ、一日に一回だけ、光属性魔法《まほう》の効果を大きく上昇《じょうしょう》させます。しかし、これを装備すると外す場合には儀式《ぎしき》を受ける必要があります」

「……その儀式ってのはどこで受けられる？」

「一定以上の大きさを持つ教会ならば可能です。この都市にある教会でも可能でしょう」

「外したら再度装備は可能なのか？」

「可能ですが、外す場合の手順も同じとなります」

要するに、着け外しが面倒なブーストアイテムということか。

とは言え、回数制限があるにしても、お手軽に攻撃の威力《いりょく》が高められるのは便利なものだ。これならば俺にもルミナにもメリットがあるだろう。まあ、装飾品の装備枠を一日一回しか使えないアイテムで埋《う》めるだけのメリットとなるかどうかはまだ分からないが。

「えーと……統合管理ＡＩの判断で出された報酬のようです。運営管理チームの許可も下りましたので、ルミナさんへの報酬はそれということで、問題ありませんか？」

「ああ、大丈夫だ。感謝するよ」

「はい、了解です。えー、ではスキルオーブも配布いたします。なお、2位から4位まではゴールド、5位から7位まではシルバー、8位から10位まではブロンズのスキルオーブとなります。取得できるスキルに差がありますのでご注意ください」

その言葉と共に、GMの手の中に出現した白金色の球体を受け取る。これでどのようなスキルを覚えられるかは――まあ、後でじっくり確認《かくにん》することとしよう。

「それでは、個人部門とパーティ部門の表彰《ひょうしょう》でした！　クオンさん、ありがとうございました！」

フラウゼルは大きくそう宣言すると、その場で拍手《はくしゅ》を行う。

そして次の瞬間、ある一定の方向から俺たちへと向けて拍手の音が響《ひび》いていた。見れば、そちらにいるのは『キャメロット』の面々――どうやら、アルトリウスが率先《そっせん》して拍手を行ったようだ。それに続くように『エレノア商会』が拍手をし、徐々《じょじょ》に釣られるような形で拍手の波が伝播《でんぱ》する。そんな二人のお節介《せっかい》に苦笑を零しながら、俺はルミナと共に元の席へと戻《もど》されていた。

第二十二章　新たな力

席に戻り、手に入れたものを確認する。周囲から視線が集まるところではあるが、この辺りは『エレノア商会』の面々で固めているため、外からは視線が通りづらい。あまり気にする必要もないだろう。

さて、色々と手に入ったわけだが――

「新しい武器に、スキルオーブに……ああ、スキルの進化もあったな。全く、色々と増えすぎだ」

「武器から確認しよう」

「……どっから生えてきた、フィノ」

「成長武器を貰《もら》えると予想して、待ってた。あ、これ修理した装備ね」

いつの間にか俺の左隣《ひだりどなり》を占拠《せんきょ》していたフィノが、身を乗り出しつつ声を上げる。昨日修理を依頼《いらい》していた装備を受け取りつつ、俺は彼女《かのじょ》の様子に思わず苦笑を零した。

強引《ごういん》な台詞《せりふ》ではあるが、その言葉自体に異論はない。俺自身、この餓狼丸《がろうまる》という刀には興味を惹《ひ》かれているのだ。その興味の大部分はこの刀の由来なのだが、これから使っていく以上、能力そのものも気になる。俺はフィノの言葉に頷きつつ、餓狼丸を取り出して確認した。

■《武器：刀》餓狼丸　★1
攻撃力《こうげきりょく》：28
重量：16
耐久度《たいきゅうど》：-
付与《ふよ》効果：成長　限定解放
製作者：-

「……何だこりゃ？」

今使っている刀より若干弱いのも気になるが、名前の横に付いている星印は何だ？　それに、武器の耐久度が存在しないことや、付与効果もよく分からん。そして、文字では表示されていないが、武器のデータの下に何やらゲージのようなものが付いている。一体、これはどういった武器なのだろうか——そんな疑問と共に首を傾げていた俺に、フィノが横から声を上げていた。

「……データ、見てもいい？　良かったら私が解説する」

「おお、そりゃ助かる。頼《たの》んだ」

「ん……では失礼」

俺の許しを得て、フィノは身を乗り出しながら餓狼丸のデータ画面に視線を送る。殆ど密着しているような姿勢だが、彼女はまるで気にした様子は無かった。まあ、姿形は殆ど子供であるし、俺も全く気にはならないのだが。

「ふーん……成る程、こうなってるんだ」

「何か分かるのか？」

「ん、成長武器については、アルトリウスがある程度情報を公開していた。おおよそ、私にも分かるよ」

フィノの言葉に、俺は目を瞬《まばた》かせる。まさかあの男、自分しか持っていなかった武器の詳細《しょうさい》を公開していたのか。奴《やつ》が無意味なことをするとは思えんし、何かしらの意図はあったのだろうが――とりあえず、今は餓狼丸自体のことだ。

「……成長武器は、その名の通り武器自体が成長し、強化されていく。その強化段階が星印の数字」

「ふむ。いくつまで上がるんだ？」

「それは分からない。聖剣コールブランドもまだ★2か3辺りの筈《はず》」

つまり、俺たちのレベルのように、そう頻繁《ひんぱん》に上がるというものではないらしい。とは言え、この武器を使い続けられるというのは俺にとっても僥倖《ぎょうこう》だ。この刀は紛れもない名刀、それに性能が伴《ともな》っているのであれば言うことはない。

「成長武器は、敵を倒して経験値を稼ぐことでここのゲージが増えていく。それが最大の状態になった時、提示された素材で強化するとレベルが上がる」

「勝手にレベルが上がるってわけじゃないのか……耐久度の値も無いようだし、メンテナンスフリーかとも思ったが」

「確かに、成長武器は破損しない。けど、強化には生産職が必要だよ」

何やら期待を込めた視線で見上げてくるフィノに、思わず苦笑《くしょう》する。確かに、こいつは珍《めずら》しい武器だ。鍛冶師《かじし》であるフィノが触《さわ》りたいと思うのも無理はない。それに、俺としてもフィノに任せることに否はないのだ。これまでの武器で彼女の腕《うで》の良さは知っているし、預けても問題はないだろう。

「分かってるさ、ゲージが溜《た》まったらお前さんの所に持っていくよ」

「ん、よろしくね……えっと、話の続き。成長武器には特殊能力がある。それが、そこに書かれている『限定解放』」

「成長は……その名の通りなんだろうが、そいつは一体何なんだ？」

「詳《くわ》しいことは分からない。前例がコールブランドしか無いから。けど、仕様が同じならば、経験値ゲージ最大値の十分の一を消費して、強力な効果を発動させる特殊スキルだったはず」

「ほう……？　中々デメリットはでかいんだな」

その説明を聞き、俺は武器の説明文へと指を伸ばしていた。この限定解放とやらをタップすれば、何かしらの情報が出てくるだろう。同時に、一つのウィンドウが表示される。

適当な予想であったが、どうやら大当たりであったようだ。

■限定解放
Lv. 1：餓狼の怨嗟《えんさ》（消費経験値10％）
自身を中心に半径30メートル以内に黒いオーラを発生させる。
オーラに触《ふ》れている敵味方全《すべ》てに毎秒0．2％のダメージを与《あた》え、
その量に応じて武器の攻撃力を上昇させる。

「こいつは……」

「ほほー……これはまたえげつない能力」

まさか、敵味方関係なくダメージを与える能力とはな。しかし、強力であることは間違いないだろう。かなり広範囲《こうはんい》に及《およ》ぶ効果であるし、同時に武器の攻撃力まで上昇する。正直な所、ピーキーすぎて扱いづらい所はあるが、コストの重さもあることだし、どの道そうしょっちゅう使うことはないだろう。

「レベルが上がれば限定解放の能力も増える……かもしれない」

「最初がこれだと、何が来るのか楽しみでもあり、恐《おそ》ろしくもあるな……とりあえず、こんなもんか」

さて、次は――さっさと終わるであろうスキルの進化をやっていくか。壇上《だんじょう》では、既《すで》にクラン部門の発表が行われているが、案の定と言うべきか『キャメロット』が1位を取っている。予想通り過ぎて何の面白みもない状況だ。

とりあえず、スキル画面を開く。目に入るのは、レベルが30に到達《とうたつ》した《刀》のスキルの横にある『MAX』の文字だ。似たような表示に見覚えはある。ルミナが進化可能なレベルになった時の表示だ。

「フィノ、お前さんはスキルの進化は分かるか？」

「……知らない。っていうか、スキルレベル30に到達した人って先生さんが初めてじゃない？」

「ああ、そうなのか」

確かに、緋真《ひさな》でもまだ30には届いていなかったな。俺《おれ》も今回、大量に敵を倒したからこそここまでレベルが上がったのだ。情報が無くても無理はないだろう。少々当てが外れた形になったが、とりあえず情報を確認しないことには始まらない。小さく嘆息し、俺は《刀》のスキルをタップした。途端、ルミナのヴァルキリーへの進化時のように、三つの選択肢《せんたくし》が表示される。

■《刀術》：ウェポンスキル
《武器：刀》の武器を装備した際に補正を適用する。

武器のサイズに影響《えいきょう》を受けずに均等に補正を適用し、攻撃と防御《ぼうぎょ》の両方にバランスよく効果を発揮する。

■《太刀術》：ウェポンスキル
《武器：刀》の武器を装備した際に補正を適用する。

武器のサイズが大きい場合に高い補正を適用し、攻撃時に高い効果を発揮する。

■《短刀術》：ウェポンスキル
《武器：刀》の武器を装備した際に補正を適用する。武器のサイズが小さい場合に高い補正を適用し、回避《かいひ》及《およ》び不意打ちで高い効果を発揮する。


「ほーう？」

思わず、顎《あご》に手を当てて唸《うな》る。

武器種別で戦い方を決めつけられているような点には少し言いたいことがあるが、内容はそこそこ単純だ。要するにバランス型か攻撃型《こうげきがた》か回避型《かいひ》か、ということだろう。後は、どの武器を優先的に使っているかということなのだろうが――正直どちらも使っている。メインで使っているのが太刀《たち》であることは事実だが、小太刀も普通に利用しているのだ。であれば、普通にどちらにも効果を発揮する《刀術》を選択《せんたく》するべきだろう。

「師範代《あいつら》たちならば偏《かたよ》らせるのもアリなんだがな……ま、いいだろう」

スキルを進化させるには、どうやらスキルポイントを5点消費するらしい。まあ、余っているからそこは問題ないのだが。軽く肩《かた》を竦《すく》め、《刀術》を選んで確定する。これによって、《刀：Lv.30》が消えて《刀術：Lv.1》に変化した。

また最初から上げ直しか、と思わなくはないが――正直ウェポンスキルについてはいつの間にか上がっていた程度の認識《にんしき》だ。Lv.1になったとしても、それほど差はないだろう。

「さて……最後はこれか」

先ほど手に入れた、無記名のスキルオーブ。左手に持って右手を翳《かざ》してみれば、案の定、大量のスキルの名前が表示されていた。

しかし、本当に数が多い。どれを選んだもんか――

「はぁ、はぁ……間に合ったか。済まない、少しよろしいかな、クオン殿《どの》」

「あん？」

背後から掛《か》けられた声に、俺は眉《まゆ》を顰《しか》めながら振《ふ》り返る。そこにいたのは、腰《こし》に仰々《ぎようぎよう》しいケースのようなものを付けた、白衣の男性。黒髪《くろかみ》に無精髭《ぶしようひげ》のその姿は、現実にそのままいてもそれほど違和感《いわかん》のない見た目だ。

「失礼、私はプロフェッサーKMK。クラン『MT探索会《たんさくかい》』のクランマスターです」

「ああ、エレノアの言っていた……どうも、既にご存知のようだが、クオンです。それで、何か御用《ごよう》でも……プロフェッサー？」

「呼びづらければ『教授』でも結構ですよ。見たところ、早速スキルオーブを使用するところだったようですが、その前に少しご協力をお願いしたい」

ふむ、協力ね。特に急ぎの用事もないし、それほど問題はないのだが――さて、何を協力しろと言うのか。そんな俺の疑問を晴らすように、半眼を浮かべたエレノアが振り返りつつ声を上げていた。

「プラチナで取れるスキルが何なのかを確認したいんでしょ？　それと効果も。どうせゴールドの方はもう確認済みなんでしょうけど」

「ははは、当然だとも。どうかな、クオン殿。協力していただければ、こちらからもお礼をさせていただきますが」

「礼ね……具体的には？」

「ふむ、とりあえず350万ほどでどうかな？　それに加えて――」

あっさりと放たれたその言葉に、俺は思わず絶句していた。少なくとも、ポンと提示するような金額ではない。そんな俺の隣《となり》で、エレノアは再び呆《あき》れたように声を上げる。

「貴方《あなた》、私がいる隣でよくそんなことが言えるわね。安すぎでしょう？」

「お、おい、エレノア？」

「クオン、そのアイテムでしか手に入らないスキルは、現状では取得不可のレアスキルも含《ふく》まれている可能性が高いわ。特に、ゴールドとの差分があるスキルは間違《まちが》いなく珍しいものよ」

「それはまあ、理解できるが……」

「そんな珍しいスキルの、取得条件こそ分からずとも、効果までは閲覧《えつらん》できる。これがどれだけ貴重な情報だか、分かるでしょう？」

その言葉に、俺は視線を細めつつも納得していた。俺の持つ《収奪《しゅうだつ》の剣《けん》》も、似たようなものだと言えるだろう。取得条件が分からず――いや、オークスから習得できるのかもしれないが――それでいて、高い効果を持つスキル。今後取得できるかもしれないとなれば、そのスキルの詳細は値千金《あたいせんきん》の情報となるだろう。

それに、多少効果が分かれば、取得のための条件も類推できるかもしれない。エレノアの言葉に、教授は苦笑を浮かべて頭を掻《か》きつつ続けていた。

「いえ、私も金だけで済ませるつもりではなかったのですが……しかし確かに、３５０万では少ないですね。では、５００万に加え、提供していただいたスキル情報の数に応じて、こちらも無償《むしょう》で情報提供に応じるというのはどうでしょうか」

「……お、おう。ええと、どうなんだ？」

「妥当《だとう》な所よ。それとも、もう少し引き出しておく？」

「いや、いい。それで頼む」

「ありがとうございます、クオン殿。ついでと言ってはなんですが、良さそうなスキルを見繕《みつくろ》いましょう」

何というかまぁ……この人物も、組織を上手《うま》いこと運営できるタイプのようだ。流石《さすが》にエレノアほどではないのだろうが、高い資金力を持っているのは間違いない。見た目の年《ねん》齢《れい》は三十代半ばほどだが、リアルではもっと年を取った人物なのかもしれないな。

（とはいえ……ある意味、都合は良かったか）

スキルオーブで表示されているスキルは、ざっと見ただけでも数百を超《こ》えている。これを全て確認してスキルを探すのは流石に骨だ。彼《かれ》に手伝って貰えるなら、幾《いく》らか効率的に選ぶことができるだろう。流石に、一人でやったら何時間かかるか分かったものではないからな。

第二十三章　レアスキル

報酬《ほうしゅう》に釣《つ》られた――と言われれば正直否定はできないのだが、結局俺は教授に協力することとなっていた。

と言っても、それほど作業量があるわけではない。スキルオーブを起動して表示された大量のスキルリストには、きちんとソート機能が付いていたのだ。しかもプラチナでのみ取得できるスキルもソートできたため、教授に提供する情報を探すのにはそれほど苦労しなかった。

彼に求められるままにスキルを一つ一つ表示しつつ、俺はもう一つ新たなスキルを得ていたことを思い出す。それは緋真《ひさな》と同じ、二つ名称号《しょうごう》と呼ばれる特殊な称号だ。

（……嫌《いや》な予感はするんだがな）

緋真の称号にあったフレーバーテキストを思い返し、思わず頬《ほお》を引き攣《つ》らせる。とは言え、手に入れたものは仕方ない。確認もせずに放置しておくことはできないだろう。小さく嘆息を零しつつ、俺は新たな称号スキルを表示させた。

■《剣鬼羅刹《けんきらせつ》》
彼《か》の者は、鋭《するど》き刃を手に戦場を駆《か》ける剣鬼。

屍山血河《しざんけつが》を踏《ふ》み砕《くだ》き、血染めの悪鬼《あっき》は不敵に嗤《わら》う。

自身を中心に半径20メートル以内の敵対者の数×1%の割合で攻撃力と防御力《ぼうぎょりょく》を上昇させる。


……フレーバーテキストに関しては何も言うまい。

それはともかくとして、この効果だ。これはつまり、敵の数が多ければ多いほど、俺の攻撃力と防御力が上昇するということか。敵の数が少ない内はあまり効果を実感できないだろうが、今回のイベントのような状況であれば話は別だ。あれだけ多くの敵に囲まれている状況ならば、攻撃力もそこそこ上昇することになるだろう。

「ふむ……とりあえずセットしておくか」

《一騎当千《いっきとうせん》》の効果もそこそこ使えるのだが、ＨＰの回復手段についてはそれほど困っていないのが現状だ。正直な所、ＨＰというのは体力と言うより、《生命の剣》を使うためのゲージという印象が強くなってきている。しょっちゅう乱高下しているため、高く保たねばならないという意識があまりないのだ。

とりあえずは、こちらのスキルの方が多少なりとも効果があるだろう。

「おや、それは……君が先程《さきほど》得た称号スキルですかな？」

「あ、ああ……こいつの情報も必要ですかね？」

「ふむ、興味はありますが、二つ名称号については情報的価値はそこまで高くないのですよ」

「珍しいスキルには違いないが……」

「そうですな。しかし、それはそのプレイヤーだけに意味のあるユニークスキル。たとえ情報があったとしても、他の者に同じスキルを取得する方法はありませんのでね」

まあ、それは確かにその通りだろう。二つ名称号のスキル効果は、あくまでもそのプレイヤー個人にしか意味のないものだ。他のプレイヤーに取得できない以上、その情報を得ることは興味本位以上の意味を持たないものとなってしまう。尤《もっと》も、その二つ名称号持ちに挑《いど》むプレイヤーキラーがいるならば話は別だが。

ともあれ、必要ないというのであれば公開する理由もない。軽く肩を竦め、俺は称号スキルの画面を閉じた。

「ところで、スキルの確認は終わりましたかね」

「ああ、ありがとう。色々と興味深い情報を手に入れることができましたよ」

「そいつは何より。それで、俺に役立ちそうなスキルは何かありましたかね？」

「ふむ……まず、君に最も役立ちそうなスキルはこれですかね」

そう言って、彼は一つのスキルを指し示す。その名を確認して、俺は眉根《まゆね》を寄せた。

「……《魔技共演》？　これが、俺に役立つと？」

「説明を読んでみるといいですよ。プラチナ限定のスキルの中では、これが最も合っていると思います」

名前からは効果が予想できないスキルに疑問を抱《いだ》きつつ、俺はそのスキルをタップする。

途端《とたん》、表示されたスキルの効果に――俺は、目を見開きつつも納得した。

■《魔技共演》：補助・パッシブスキル
単発攻撃の攻撃・アクティブスキルを二つ同時に発動する。

発動される効果は、一つだけで発動した時よりも減少する。

効果の減少幅《はば》はスキルレベルに依存《いぞん》する。

ショートカットワードでパターンの登録が可能。

「簡単に言えば、貴方の扱《あつか》っている《生命の剣》や《収奪の剣》といったスキルを二種同時に発動できるようになるスキルですね。組み合わせによっては、色々と悪さができそうなものですが……このレアスキルを前提にスキルを構築するのは少々難しい話です」

「だが、俺には確かに有用ですね。効果の減少はあるようだが……レベルが上がれば、それも緩和《かんわ》されるか」

例えば、《生命の剣》と《収奪の剣》ならばどうだろうか。《生命の剣》を発動した瞬間《しゅんかん》にHPが減少するが、上がった火力で敵に攻撃すれば、その分だけ《収奪の剣》の吸収量も多くなる。減った分を即座《そくざ》に回復できる、便利な組み合わせだ。

また、時折威力負けで貫通《かんつう》ダメージを負っていた《斬魔の剣》も、《生命の剣》と組み合わせれば対応力は上がる。まあ、結局HPが減っていることに変わりはないが、魔法の効果を直接受けるよりはマシなはずだ。

《斬魔の剣》と《収奪の剣》は——これはあまり意味はないか。

「他には……デメリットのある短時間ブーストスキルもありますが、これはあまり好まないでしょう?」

「……その通りですが、何故《なぜ》そうだと?」

「貴方のスキル構成は、継戦《けいせん》能力に特化していましたからね。短時間で動けなくなるようなデメリットは扱いづらいかと」

確かに、時間切れと共に動きが鈍《にぶ》るようなスキルはあまり好みではないが、よくもまあそこまで読み取ったものだ。

切り札としてはアリなのかもしれないが、大幅《おおはば》な感覚のズレは修正に僅《わず》かな隙《すき》が生じてしまう。恐らく、達人《たつじん》相手には容易に突《つ》かれてしまう隙となるだろう。俺たちにとっては、呼吸の隙すらも致命的《ちめいてき》なものとなることすらあるのだから。

「他に使えるスキルがあるとすれば……そうですね、少々特殊ですが、この《宣誓《せんせい》》というスキルがあります」

「《宣誓》？　そりゃ一体どんなスキルなんで？」

「教会関係のクエストで、名前だけ確認されていたスキルですね。現地人の上位聖職者が持っているらしく、その効果は謎《なぞ》に包まれていましたが――いや、これは確認してもやはり謎が多いですね」

何とも要領を得ない教授の言葉に、俺は思わず眉根を寄せる。

とは言え、オークスの例もあるし、現地人の持つスキルというものは中々油断ならないものだ。上位の聖職者が持つスキルとなれば、それだけ強力なものである可能性が高いだろう。その考えと共にスキルの効果を表示してみたが――

■《宣誓》：特殊・パッシブスキル
スキルの取得時に、女神《めがみ》アドミナスティアーに対して誓《ちか》いを立てる。

その誓いを守っている間、誓いの内容に応じた効果を得る。

誓いが困難なものであるほどに高い効果を得ることができる。

誓いが破られた場合、ペナルティが発生する。


「……本当に謎だなこりゃ」

「ええ。現在効果が確認されている《宣誓》は、『聖盾《せいじゅん》』と呼ばれている教会の騎士《きし》が使用するものですね。『万人《ばんにん》の盾となること』を誓って、大幅なダメージカット効果を常時得ているとか」

「ほー……成《な》る程《ほど》、誓いに則した効果を得られるってわけですか」

その判定は誰《だれ》が行っているのかはよく分からないが、確かに有効な効果を得られる様子ではある。問題は、自らに制限を掛ける必要があるということだ。俺が行動する上で邪魔《じゃま》にならない制限ならばいいのだが、それで望む効果を得られるのかは分からない。ハイリスクハイリターンな効果、ということだろう。

で、あるならば――

「よし、それなら選ぶのは《魔技共演》だ」

「ははは、やはりそうでしたか。そちらの方が扱いやすいですからね」

「流石に、貴重なアイテムでギャンブルする気にはなれなかったのでね」

《宣誓》も少々気になるスキルではあったが、やはり分かりやすくメリットのある《魔技共演》を取得するべきだろう。プラチナのスキルオーブはそうそう手に入るものではないだろうし、あまり確実性のないスキルに使うのは勿体《もったい》なく感じてしまう。

それに自分に制限を掛けるというのも難しい話だしな。

「プラチナでの限定スキルは十五個……今後情報が必要であれば、無償で十五個まで提供しましょう。ありがとうございました、クオンさん」

「いや、こちらも参考になりましたよ」

「ははは、お互《たが》い様《さま》ですね。では、フレンドを交換《こうかん》しておきましょう。欲《ほ》しい情報があればご連絡《れんらく》ください――ああ、情報を売ってくださってもいいですよ」

「そりゃまた、いい稼ぎになりそうなことで」

何しろ、あんな金額をポンと出してくるぐらいだからな。

これまで金にはあまり頓着《とんちゃく》してこなかったが、この金額を持ち歩くのは少々腰が引ける。

どこかに銀行のような施設《しせつ》は無いだろうか――と、そんなことを考えていたちょうどその時、クラン部門の表彰が終了《しゅうりょう》し、アルトリウスが壇上から姿を消していた。それと共に、二体の運営アバターが声を上げる。

「では、これにて上位入賞者の表彰を終わります。そして――」

「――これより異邦人《プレイヤー》の皆様《みなさま》に、グランドクエスト《人魔大戦》の概要《がいよう》を説明します」

その声と共に、中央にある画面にある画像が表示される。

あれは――見覚えのない形であるが、恐らくはこのゲーム世界の地図だろう。一つの大きな大陸はいくつかの国に分けられ、それぞれが色で塗《ぬ》られている。

「現在このメザニア大陸において、人類と悪魔《あくま》の抗争《こうそう》が続いています」

「この地図は、その勢力図を示しています。白に近い色の国は人類が優勢であり、黒に近い色の国は悪魔が優勢な状況《じょうきょう》です」

その言葉に、周囲のプレイヤーたちからはどよめきが上がる。隣で身を乗り出した教授の表情も、酷《ひど》く真剣《しんけん》なものへと変化していた。無理もないだろう――何故なら、ほぼ大半の国がグレーか黒に染まっていたのだから。

俺たちが今いる場所、アルファシア王国はかなり白に近いグレーだ。これは、今回のワールドクエストで勝利を収められたからこそだろう。対し、隣国《りんごく》のベーディンジア王国はほぼ中間色のグレー、その東にあるミリス共和国連邦《れんぽう》はそれよりは若干薄《じゃっかんうす》いがグレーだ。そして最も酷いのは、ベーディンジアの北にあるアドミス聖王国。ここは、ほぼ黒に近いグレーとなっていた。さらに北の小国群もグレーであり、一番マシだと思われる聖王国の西、シェンドラン帝国《ていこく》も白に近いグレーといった所だ。

間違いなく、人類は危機的状況に立たされていると言えるだろう。

「皆様の使命は、悪魔の駆逐《くちく》」

「悪魔を滅《ほろ》ぼし、人類の勢力圏《せいりょくけん》を取り戻すこと」

「聖火の塔《とう》を取り戻し、悪魔たちの力を削《そ》ぎなさい」

「悪魔と戦い、それを率いる爵位悪魔《しゃくいあくま》を滅ぼしなさい」

『さすれば、この世界の未来を掴《つか》めるでしょう』

その声に、プレイヤーたちはしばし呆然《ぼうぜん》と沈黙《ちんもく》し——しかし、やがてゆっくりと伝播《でんぱ》するように、高揚《こうよう》の熱が立ち上り始める。それは歓声《かんせい》となり、瞬《また》く間《ま》にこの広場を埋め尽《つ》くしていた。響き渡《わた》る騒《さわ》ぎ声の中、横から聞こえてきたのは嘆息《たんそく》の音。そちらを見れば、僅かに視線を細めたエレノアがこちらを見つめていた。

「また派手な動きになりそうだけど……貴方はどうするつもり？」

「どうするも何も、言われた通りだろう？　聖火の塔に行き、悪魔を殺すだけだ」

「そっちじゃないわよ。貴方、もしかして忘れてないわよね？」

「おん？　そりゃ何のことを――」

言っているのだ、と聞こうとして――この歓声の中を近づいてくる気配に、俺はエレノアの言わんとしていることを理解した。数人を伴いこちらに歩いてきたのは、先程まで壇上にいたアルトリウス。周囲の視線が壇上に集まっている間に、こちらまで移動してきたのだろう。

成程、どうするのかと言うのはこれのことか。つまり――

「アルトリウスとの……いいえ、私たち三つの勢力での同盟。貴方、どうするつもり？」

そう口にして、エレノアは小さく笑う。それはどこか挑戦的《ちょうせんてき》な笑み《え》。エレノアは、その困難に挑むつもりなのだろう。

思わず苦笑を零《こぼ》しながらも、俺はアルトリウスの到着《とうちゃく》まで口を噤《つぐ》んだのだった。

第二十四章　同盟

「どうも、お二人とも。お疲《つか》れ様でした」

「私は壇上には登っていないけどね」

「壇上云々《だんじょううんぬん》についてはお前の方が注目されていただろうに」

「いや、それに関しては僕《ぼく》よりクオンさんだと思いますけどね。と、それよりも――クオンさんも早く動きたいようですし、さっさと本題に入りましょうか」

俺に対しそう告げて、アルトリウスは淡《あわ》く笑みを浮《う》かべる。

俺が既に目的地を定めていることを、アルトリウスは察しているのだろう。この男のことだ、既に聖火の塔のことを掴んでいたとしてもおかしくはない。アルトリウス自身、さっさと行動に移るつもりなのだろう。

「同盟の話、考えていただけましたか？」

「ええ、話はもう通してあるわ。こちらとしては基本的に問題はないわ――尤も、やることは後々詰《つ》めさせて貰うけど」

「そうですね、『キャメロット』と『エレノア商会』の間では、色々と取り決めが必要になるでしょう。けれど――」

そこまで口にして、アルトリウスは俺の方へと視線を向ける。

口元には相変わらず笑みを浮かべ――しかし、その瞳《ひとみ》の奥《おく》に油断ならぬ光を宿しながら。

「クオンさん、貴方については、特に複雑なことはないんです」

「あ？　どういう意味だ？」

「『キャメロット』からは、クオンさんには情報と、数が必要な時に戦力としての協力を約束します」

「……そういうわけか。それなら、『エレノア商会』からは貴方にアイテム関連の支援《しえん》を行うわ」

「おいおい……ちょっと待て、どういうことだ？　何でそうも俺にばかりメリットを提示してくる？」

俺から二人に対して提示するメリットではなく、二人はただ俺に対してのメリットばかりを強調した。同盟関係だというのに、なぜ俺ばかりが恩恵《おんけい》を受けるような形になっているんだ？

二人の意図が読めずに困惑《こんわく》する俺に対し、エレノアは軽く苦笑しながら声を上げていた。

「それはね、クオン。貴方が思う存分動けることが、私たちにとってのメリットとなるってことよ」

「……何だそりゃ？」

「ワールドクエストの発端《ほったん》となったこともそうですが、クオンさんはこのゲームの最前線を突っ走れる実力を持っています。貴方が動くことは、自然と新たな領域の開拓《かいたく》に繋《つな》がるわけです」

「まだ見ぬ素材やクエストを、発掘《はっくつ》できる可能性が非常に高いのよ。それで手数が足りないとなった時に、この同盟を頼《たよ》ってくれればそれでいい」

二人の言わんとしていることは分かる。今回のワールドクエストの発端となったのは間違いなく俺であるし、前例がある以上今後もそうなる可能性は否定できない。

だが、それは即《すなわ》ち俺がそれらを独占《どくせん》できることに他ならないだろう。確かに俺たちだけでは手数が足りなくなることもあるだろうが、逆に言えばそうではないパターンも多いのだ。まさか、それらの独占を許すということだろうか。

「懸《け》念《ねん》されているようですが……そこまで気にすることではないですよ。この世界も広いですからね、クオンさんが突出《とっしゅつ》しても、他に進出できる余地はいくらでもあります」

「貴方の独占を咎《とが》める権利は私たちにはないわ。まあ、不要だと言うなら情報は欲しい所だけど……好きにしたらいいと思うわよ。貴方のやることはどうせ、大事に発展するんだから」

「……どういう意味だよ、そりゃ」

「分かり切ってるじゃない。貴方、あんなに悪魔を敵視しているんだから。悪魔に喧嘩《けんか》を売るってことは、即ち大事《グランドクエスト》に繋がるってことよ」

……つまり、俺は俺の思うように動けばいい、ということか。

俺が拾ってきた物や情報は自然と『エレノア商会』に伝わり、それが『キャメロット』まで流れる……そうすれば両者にとってもメリットがあるということだろう。それに、大規模なクエストを発見した場合、俺だけでは手が足りずにアルトリウスに救援《きゅうえん》を要請《ようせい》することがあるかもしれない。それこそ、まさにアルトリウスの望むところということか。

「それで、どうするのかしら、クオン?」

「この同盟、参加していただけますか?」

エレノアとアルトリウスは、並ぶようにしながら俺へと問いかける。その言葉に、俺はしばし瞑目《めいもく》した。メリットは十分。そして、普段《ふだん》と変わらぬ動きをしているだけでも、二人の期待には沿うことができるだろう。それだけでいいというのであれば、これまでと何ら変わることはない。ただ敵を探して戦うだけだ。

「ふむ……であれば、俺も協力しよう。何かあったら、お前さんらにも声を掛けるさ」

「よろしくお願いします、クオンさん」

「成立ね。貴方がいるかいないかで同盟の価値もかなり変わってくるし、助かるわ」

そこまで持ち上げられるような話ではないと思うのだが、と嘆息したいところだが、実際のところ実績があるから何とも言えない。まあ、結局の所普段と変わらず、いつも通りに行動できるのだから、それほど気にする話でもないか。

納得《なっとく》しつつ緋真《ひさな》たちを呼んでさっさと目的地に向かおうとしたところで――先ほどから近くで話を聞いていた人物が口を挟《はさ》んできた。

「成る程、そのような話になっていたのですか……できれば、私たちも一枚噛《か》ませていただきたいのですが」

「教授さんですか。済みませんが、今回はこの中に限った話ですから」

黙《だま》っていたので忘れていたが、この状況で口を挟まないような人物ではなかったか。

教授としても、この同盟は決して無視できるようなものではなかったらしい。あれだけ知識欲のある人物だ、色々と情報が手に入るかもしれない同盟には興味津々《きょうみしんしん》といった所か。

「貴方がたの情報収集能力は理解しています。手を貸していただければ心強いことも事実、ですが――クオンさんに付いていきたいと、そう言い出す人は果たしてどれだけいますか？」

「……ふむ、それは……恥《は》ずかしながら、多いでしょうな」

「『エレノア商会』の方であれば、クオンさんと直接顔を合わせる人間は僅かですし、そこはエレノアさんが完璧《かんぺき》に統制できる範囲内《はんいない》です。ですが『ＭＴ探索会』は、同好の士が集まった団体。情報の収集と考察に特化していますが、集積した後の情報に対する取り扱いはまだしも、行動そのものは統制していないでしょう」

アルトリウスの言葉に、教授は渋《しぶ》い表情を浮かべる。その様子から、ある程度『ＭＴ探索会』の内情を理解することができた。

彼らは要するに、学者の集まりのような連中なのだろう。趣味《しゅみ》で情報を集め、それに対して考察を行うことが好きな連中、とは聞いていたが……情報を集めることが主目的であり、そのための活動は特に規定していないようだ。つまり個々人が好き勝手に動いて情報を集めている状態であり、教授はクランマスターではあるものの、あまり統治しているわけではないのだろう。

「……つまり、それができなければ参加させるつもりはないと？」

「今回はテストケースです。しばらくこの状態で運用して、大丈夫《だいじょうぶ》そうであれば拡張しますよ」

「そうですか……それならば、今回は止《や》めておきましょう。急《せ》いては事を仕損じる、ということですな」

一応理性的ではあったようで、教授は素直《すなお》に引き下がっていった。ここで話が拗《こじ》れていたら面倒《めんどう》だったが、やはり彼は結構年のいった人物なのだろうか。

振り返った教授の表情の中には既に苦い色は無く、どこかバイタリティに溢《あふ》れた笑みを浮かべていた。

「課題ができてしまいましたね。次は参加できるよう、組織体制を整えておきます。それでは、次の機会に」

そう口にして俺たちに頭を下げると、教授はそそくさとこの場を後にする。この様子だと、早速《さっそく》クランの中で議題に挙げる気が満々であるらしい。まあ、邪魔をしないでくれるのであれば、あの情報能力は役立つものであるし、何とかして貰《もら》いたいものである。

「さて、話はこれでいいか？　それなら、俺たちはそろそろ自由にさせて貰うが」

「ええ、勿論《もちろん》。僕たちは少し、同盟の約定について話を詰めていきます」

「必要なものがあったら連絡を頂戴《ちょうだい》。用意しておくから」

さて、この同盟が上手いこと運用できるかどうかはまだ分からないが、何かあれば協力を仰《あお》ぐとしよう。互いに笑みを交《か》わし、俺は踵《きびす》を返して緋真たちに声を掛けた。

「おい、そろそろ行くぞ」

「あの、先生。それはいいんですけど……あっち」

「あん？　何かあったのか？」

眉根を寄せた緋真と、キョトンとした表情のルミナ。

その様子に疑問符《ぎもんふ》を浮かべつつ、緋真の示す方向へと視線を向ければ、そちらからは見覚えのない一団がこちらへと近づいてくるところであった。先頭に立っているのは大柄《おおがら》な男だ。巨大《きょだい》な戦斧《せんぷ》を背負ったその男の視線は、一直線に俺へと向けられている。

どうやら、俺に用事のある人物のようだが――

「緋真、あいつらは誰だ？」

「『クリフォトゲート』の連中ですよ。そのうち来るだろうと思ってましたけど、このタイミングとは」

「ほう……？」

緋真の説明に眉を跳《は》ねさせつつ、俺はちらりと視線を壇上《だんじょう》へと向ける。そこには、未《いま》だに三人の運営アバターの姿があった。用事が終わったらそそくさと消え去るかと思っていたが、残っているのであれば都合は良い。

さて、どう対応したものか――と考えている内に、件《くだん》のクランの連中は俺たちの目の前まで到着していた。それと共に、先頭に立つ大男は、にやりと笑みを浮かべながらでかい声を上げる。

「よう、アンタがクオンか！」

「その通りだが、アンタは？」

「オレはライゾン、『クリフォトゲート』のクランマスターだ！　なあクオン、アンタ強えんだろ？」

「ま、そこらの連中よりは強いだろうな」

「そうか！　ならクオン、オレの仲間になれ！」

強気に笑い、ライゾンはそう口にする。そんな彼の言葉に、俺《おれ》は少々驚《おどろ》いて目を見開いた。どうにも、事前に聞いていた印象とは少々異なるが――いや、統治する気がないだけで人を集める気だけはあるのか？

それはそれで問題だが、この男からは全くと言っていいほど悪意を感じない。それでいて、立ち姿は中々のものだ。動きに隙は多く、武術を学んでいるようには見えないが、体幹はしっかりしていて重心も安定している。これは天性のものだろう、武術を学べば大きく成長できるかもしれない。

まあ、それはともかくとして――俺には彼の誘《さそ》いに乗る気は一切《いっさい》ない。しかし少々言葉は乱暴だが普通《ふつう》の誘いであったことだし、普通に対応することとしよう。

「悪いが、誰の誘いにも応《こた》える気はない。勧誘《かんゆう》なら他を当たってくれ」

「何でだ？　強い奴《やつ》同士組んで戦った方がいいだろ？」

「俺の弟子《でし》より強い奴がいるなら考えなくもないが、そうでないならこいつの稽古《けいこ》にならん」

「弟子って……おー、そういやそうだったか」

中身はガキっぽい印象だが、意外と話は通じるな。しかし、これだけだったらああも悪名を轟《とどろ》かせるようなことはないと思うのだが……何か裏があるのか？

そんな疑問はおくびにも出さず、俺は言葉を重ねていた。

「アンタの所に、こいつよりも強い奴はいるのか？」

「……そいつは、いねぇけど。だがなぁ――」

「ライゾン、そこからは私が交渉《こうしょう》しましょう」

と――そこで、ライゾンの後ろから一人の男が姿を現す。

ライゾンが大柄《おおがら》であるのもあるが、こっちは中々小柄だ。灰色のローブを纏《まと》い、杖《つえ》を持った魔《ま》法使《ほうつか》い然とした姿。その姿を目にした緋真が、俺に対し後ろから小声で囁《ささや》いていた。

「『クリフォトゲート』のサブマスター、マーベルです。あんまり話にあがってくるタイプじゃないんですけど——」

「ああいい、分かってる」

フードの下から覗《のぞ》いているのは、欲望に淀《よど》んだ下卑《げび》た笑みだ。こちらに伝わってくる感情も、決して心地《ここち》の好《よ》いものではない。どうやらこの男、妙《みょう》な悪意を持って俺と話をするつもりらしい。

何をするつもりなのかは知らないが、『クリフォトゲート』の評判にはこいつを始めとした人間が関わっているように思える。

（さて、どうしたもんかね）

視線を細め、胸中で呟《つぶや》く。相手が悪意を持っているのであれば——こちらもまた、相応の対応をさせて貰うとしよう。

第二十五章 クリフォトゲートの実態

「お初にお目にかかります、クオンさん。私はマーベル、『クリフォトゲート』のサブマスターです」

「クオンだ。勧誘なら断ったぞ」

ライゾンを大きく後ろに下がらせて、マーベルは声を上げる。こいつ自身は小柄なのだが、何故か三人ほど、随分《ずいぶん》と大柄で柄の悪い連中を後ろに引き連れていた。

これで威圧《いあつ》しているつもりなのだろうか？　俺としては、余計に身長差が目立ってこの男がチビに見えるのだが。そんな俺の内心など知らず、マーベルは薄《うす》ら笑《わら》いを浮かべたまま声を上げる。

「まあ、そう仰《おっしゃ》らず。一人で動かれるよりも、集団の方ができることは多くなるでしょう。その点、我々は――」

「くどい。こちとらやることがあるんだ、セールスに付き合っている暇《ひま》はない」

「貴方《あなた》は勘違《かんちが》いしている、一人でできることなど、決して大きくはないのですよ。我々と一緒《いっしょ》であれば、もっと大きな戦果を望めるはずだ」

「それなら『キャメロット』の方がよほど期待できるな。尤も、どちらにも所属するつもりはないが」

嘆息してそう告げると、マーベルの頬がピクリと揺《ゆ》れる。あまり我慢強《がまんづよ》い性質ではなさそうだな。まあ、根気のある奴ならばこのような恫喝《どうかつ》じみた交渉はしてこないだろうが。

やれやれと肩《かた》を竦《すく》めて踵を返そうとし――そこに、先程までよりも僅かながらに声が揺れるマーベルの声が響《ひび》いていた。

「……いいのですか、我々を敵に回しても？　我々『クリフォトゲート』を敵に回すことがいかなることであるのか――」

「無論、構わんとも」

そう来るか。下策も下策、と言うべきだが――その対応は俺好みでもある。

口元を歪《ゆが》め、僅かに気を昂《たかぶ》らせながら、俺は恫喝を行ってきたマーベルを、そしてその後ろに控《ひか》える『クリフォトゲート』の連中を睥睨《へいげい》した。思わず息が詰まったように仰《の》け反《ぞ》るマーベルであったが、それでも多少は根性《こんじょう》があった様子で、彼は続けて声を上げる。

「は、ははは……構わない、ですか。『クリフォトゲート』はトップクランの一つ、その戦力を甘《あま》く見て貰っては――」

「言っただろう、構わんと。敵対するならどんどん来るといい。百人か、千人か、一万人か――楽しい殺し合いにしてくれるんだろう？」

評判が悪いとはいえ、上位のクランなのだ。戦力は並のクランとは比べ物になるまい。それが集団で襲《おそ》ってきてくれるのであれば、多少は楽しい戦いになりそうだ。

「それとも、今襲ってくるか？　構わんぞ、こいつの試《ため》し斬《ぎ》りをしたいところだしな……そういう用事であれば時間を割《さ》いてやる価値はある。さぁ、どうするんだ？」

「ッ……で、できるはずがない！　どれだけの数の差があると思っている！」

「できるとも、俺が何匹悪魔《なんびきあくま》を斬《き》ったと思っている？　今は壊《こわ》れない武器も貰ったわけだし、幾《いく》らでも斬ってやれるぞ？」

あのイベントも、戦闘《せんとう》を続けられたとしても討伐《とうばつ》数二千には到達《とうたつ》しなかっただろう。その前に武器が限界を迎《むか》えていたはずだ。しかし今は、耐久値《たいきゅうち》という制限が存在しない餓狼《がろう》丸《まる》がこの手にある。これならば幾らでも斬り続けることができるだろう。それを確かめてみるのも一興だ。

くつくつと笑えば、マーベルは気圧《けお》されたように一歩後退する。

「ふ、ふ、ふざけるな！　不正だ、不正行為《こうい》に決まっている！　あんな大群の動きを止めることなど……『キャメロット』共々チートを行ったに違《ちが》いない！」

「不正、チートねぇ……自分たちが下手なことへの言い訳を他人に求めるなよ」

「下手、だと……ッ！　我々の方が『剣聖連合』よりも早く爵位悪魔を倒《たお》していた！　それなのに順位が下だったのは――」

「何も考えずに戦って街に被害《ひがい》が出たからだろう？　戦いの趣旨《しゅし》も理解せずによくやっていたもんだ」

イベントの概要には、悪魔の軍勢から人々を守れと記載《きさい》されていた。つまり防衛こそがイベントの趣旨であり、こちらから攻《せ》めていく必要は本来なかったのだ。まあ、俺の場合はそちらの方が効率が良かったため、さっさと潰《つぶ》しに行ったわけだが。

しかし尚《なお》も納得できていないのか、当初の慇懃《いんぎん》な態度を取る余裕《よゆう》もなくしたマーベルは更《さら》に言い募《つの》る。

「ＮＰＣなど関係ないだろう！　速く悪魔を倒せればそれでよかったはずだ！」

「……速く、などと言う割には、俺が二匹《ひき》殺すまで倒せなかったようだが？」

「それはお前がチートを使ったからだ……！」

「はぁ……二言目にはそれか。なら、試してみるとしようか……なぁ、ＧＭ。改めて、不正があるかどうか確認《かくにん》してくれるかい」

「ふぁっ⁉」

突如《とつじょ》として話を振《ふ》られたためか、奇妙《きみよう》な声と共にＧＭフラウゼルは佇《たたず》まいを直す。

そんな慌《あわ》てた様子の彼女《かのじょ》を尻目《しりめ》に、その横に控えていた二人の運営アバターは、相変わらず淡々《たんたん》とした調子で声を上げる。

「申請《しんせい》を受理しました」

「異邦人《プレイヤー》：クオンのデータ、パケットダンプの確認・計測を開始」

「ちょっ、庭師《ガーデナー》ちゃんいいんですか……!?」

……ふむ、庭師《ガーデナー》ね。動揺《どうよう》した様子のフラウゼルが零した言葉は少々気になったが、それを問い詰められる状況じゃない。

小さく嘆息し、俺は『クリフォトゲート』の連中の方へと向き直って――己《おのれ》の視線に、殺気を込める。その瞬間、喚《わめ》き散らしていたマーベルや、その後ろでこちらを睨《にら》んでいた男たち、その全《すべ》てが目を見開いて沈黙していた。

「どうした、クソガキ共。この強度は、あの時悪魔共に向けていたのの一割程度のものでしかないぞ？」

今、俺が放っている殺気は、鬼哭《きこく》と比べれば10％程度の強さでしかない。これは、達人同士の戦いにおいては挨拶《あいさつ》にすらならない程度のものだ。とは言え、相手は素人《しろうと》の集まり。殺気に晒《さら》されるという経験そのものが少ないだろうが――

「殺気……気当たりなんざ誰にでもできる。お前がさっき、その図体《ずうたい》ばかりでかいだけの木偶《でく》の坊《ぼう》を後ろに並べていたのと同じことだ。恫喝、脅《おど》しだよ。言葉を使わず、意志で、態度で――『お前を殺してやる』と、そう宣言するだけだ」

口元を笑みに歪めながらそう告げ、俺はゆっくりと『クリフォトゲート』の連中へと向けて歩を進める。彼《かれ》らはびくりと反応するが、それでも足が竦んでいるのかその場から動けない様子だった。

そんな様子にますます笑みを深め、俺は告げる。

「どうして威圧が通用するのか――それが理解できるか？」

「っ、ぁ……！」

「答えは単純だ。生きているからだよ」

俺の言葉を理解できていないか、はたまた聞く余裕もないのか――連中は顔色を失ったまま沈黙している。だが、構わずに俺は言葉を重ねた。元より、こいつらが理解できるとは思っていない。俺はただ、事実を端的《たんてき》に伝えるだけだ。

「生きているから、生物であるからこそ、『死にたくない』という感情が生まれる。そして俺が生存するにあたっての脅威《きょうい》であるからこそ、恐《おそ》ろしいと思う感情が生まれるのさ。それは異邦人《プレイヤー》も、現地人も、悪魔ですら変わらない」

それは生物としての生存本能、あって当然の感情だ。目の前に、己の命を害し得る存在がいるのであれば――それを恐れるのが、生き物として当然の情動だ。

ゆっくりとマーベルの目の前まで歩み寄り、恐怖《きょうふ》に歪んだその表情を嘲笑《ちょうしょう》と共に見下ろす。ようやく理解できたのだろう。目の前にいる相手が、己を殺し得る存在であるということが。

「さて……どうだ、GM?」

「計測終了。ツールの使用など、一切の不正行為はありませんでした」

「結果はいいんですけど……え、いいのかな、これ……」

困惑している様子のGMフラウゼルに苦笑《くしょう》しつつ、俺は殺気を解く。

どうやら、彼女は使い走りの類《たぐい》のようだ。彼女の上役に何かしらの思惑《おもわく》があるのか……あるいは、二体の運営アバターに何か秘密があるのか。少々気にはなるが、この衆人環視《しゅうじんかんし》の中では流石《さすが》に質問することはできない。

軽く嘆息し――俺は改めて、『クリフォトゲート』の連中の方へと視線を向けた。

「さて、お前たち」

「ひっ⁉」

殺気から解放され、その場に座《すわ》り込んでいたマーベルを見下ろし、俺は嗤《わら》う。これ以上虐《いじ》めてやるつもりはないが、このままというのも面白《おもしろ》くない。

少しぐらいは楽しませて貰いたいところだ。

「下らない話はここまでだ。殺し合いがお望みであれば、喜んで相手をするところだが」

「や……ち、違うッ、そんなつもりは！」

「おいおい、お前が喧嘩を売ってきたんだろう？　それを買ってやろうと言っているんだ。それとも、前言を撤回《てっかい》するか？」

「撤回する！　悪かった、この通りだ！　もう仲間になれなんて言わないッ！」

「……そうかい。なら、もう用はない。所詮《しょせん》はその程度か」

軽く嘆息し、俺は緋真《ひさな》たちに合図をして歩き出す。

その際、かなり後方に追いやられていたライゾンとすれ違ったが、彼は何か言いたげにこちらを見るだけで、それ以上何かを口にすることはなかった。そのまま広場を離《はな》れ、街の北側の門へと向かって歩き出す。

——そこで、横に並んだ緋真が意外そうな表情で声を上げた。

「先生にしては、ちょっと大人しい決着でしたね？　もっと挑発《ちょうはつ》して戦闘に発展させるかと思ったんですけど」

「俺としては、それでも良かったんだがな。ＧＭの思惑に乗った形だ」

「GMって……フラウゼルさんの？」

「いや、どちらかと言えば……」

あの、二体の運営アバター。あいつらは、俺の要求に対して素早《すばや》く対応してみせた。まるで、最初からその対応を行うことを予想していたかのように。奴らには何かしらの裏があるように思えるが——流石に、プレイヤーの立場で運営の内情を探《さぐ》ることはできないか。餓狼丸を——天狼丸重國《てんろうまるしげくに》を用意してきたこともあるし、色々と気になることは否定できないのだが。

「……まあ、俺が不正を行っていないことを衆人環視の中で証明するいい機会だったからな。あの連中には協力して貰ったってわけだ」

「成る程。それにしたって、いつもだったらもう少し派手にやるかなって思いましたけど」

「あのクソガキはともかくとして……他の連中は心を折らない程度にしたからな」

別に折ってしまっても良かったのだが、折角《せっかく》ならば再起の可能性を残しておきたかった。そうしておけば、今度こそ俺に挑《いど》んできてくれるかもしれないからな。

目の前で俺の殺気に晒され続けたマーベルはともかく、その後ろに控えていた連中はまだまだ立ち上がれる余地はある。それで俺に挑んでくるならばよし、更生《こうせい》するならそれはそれでありだろう。

「まだ俺に挑むだけの気概《きがい》があるのなら、その時は派手に歓迎《かんげい》をしてやるさ」

「……まあいいですけど。それで先生、これからどこに行くんですか？」

「さっきGMが説明してただろ、聖火の塔だよ」

以前、現地人から話を聞いていた聖火の塔。近づくと魔物《まもの》が弱まるという話であったため、用はないと思っていたのだが――このような形で向かうことになろうとは。

グランドクエストに関わっているとなれば、何かしらの用意がされている可能性はある。ひょっとしたら、爵位悪魔が出現している可能性も無きにしも非《あら》ずだ。であれば、真っ先に狩《か》り殺してやらねばなるまい。

「聖火の塔……先生、場所知ってるんですか？」

「ああ、以前に現地人から話を聞いた時、マップを確認したら表示されるようになっていたからな。迷うことはないだろう」

「へぇ……『キャメロット』とバッティングしないといいですけど」

「いや、それはないだろうな」

俺たちが広場から北に向かったことは、アルトリウスも確認していた。彼からの視線を感じたし、それは間違《まちが》いないだろう。そうなれば、俺が北の塔に向かっていることは既《すで》に把握《はあく》されていると見ていい筈《はず》だ。

今回の同盟の性質上、俺とアルトリウスの攻略《こうりゃく》場所は異なる方面にした方が効率がいい。

自然と、彼は別の聖火の塔へと向かうだろう。

「とは言え、他の連中が向かっていないとも限らん。さっさと向かうとしよう」

「そうですね……今日中に攻略しちゃいましょうか」

妙にテンションの高い緋真は、どうやら戦いたくてうずうずしているようだ。恐らく、スキルオーブで何らかのスキルを手に入れたのだろう。俺としても、新たなスキルはさっさと試してみたいところだ。

楽しげにしている俺たちの姿を、ルミナはにこやかな笑顔《えがお》で見つめている。三人とも、準備は万全《ばんぜん》という状況だ。

「よし、それじゃあ向かうとするか。気合を入れておけよ、お前ら」

『はい！』

元気のいい二人の言葉に苦笑しつつ、俺は北側の門からフィールドへと足を踏《ふ》み出す。

悪魔の軍勢を退け、確かに変化しつつある世界。一体何が起こっているのか――その好《こう》奇《き》心《しん》の高ぶりは、俺の中にも確かに存在していた。

第二十六章　エレノアとアルトリウス

王都を後にするクオンの背中を見送った後も、二人のクランマスターは会話を続けていた。『キャメロット』のアルトリウス、『エレノア商会』のエレノア——規模で言えば最大級と言っても過言ではない二つのクランのマスターである。

二人の間で交わされているのは、先程《さきほど》結ばれたクラン同士の同盟に関する取り決めだ。

「まずは小さい取引で様子見ってことね……まあ、お互《たが》い規模は大きいし、無理をするのは得策ではないわね」

「ええ、まずは小口の契約《けいやく》からでいいでしょう。最初から規模を大きくすると、修正が大変ですから」

「となると、こちらからはクラン向けの注文票を修正しないといけないわね……小口だとそこまで割引はできないけど」

「ある程度の生産はうちでもできますから、単純なものに絞《しぼ》って数だけ注文しましょうか。生産部隊は他に必要なものに回せば余裕もできますし」

大規模クランのマスターである二人は、それだけ有名人でもある。街中にいればすぐさま視線が集まってくるほどであるため、アルトリウスの側近を含《ふく》めたメンバーは、近くにあった『エレノア商会』の支店へと足を踏み入れていた。今回のイベントで大きく利益を上げたエレノアは、早速店舗《さっそくてんぽ》の増加に踏み出していたのだ。まだ改装している店内は、戻《もど》ってきたクランメンバーたちが慌ただしく動き回っている。

その様子を感心したように眺《なが》めつつ、アルトリウスは口を開く。

「総じて、僕らからは素材の提供、情報の提供、それから護衛の引き受けといった所ですかね」

「そのぐらいなら無理なく展開できそうね。こちらからはアイテムの提供と割引、それから研究開発への参加許可かしら」

「……いいのですか？　そこは、貴方にとっても切り札では？」

「構わないわ。無論、メンバーの厳選と情報管理はして貰うけど……『キャメロット』の持つ前線情報は私たちにとっても非常に有用だから」

アイテムの研究開発を行う『エレノア商会』のコンペティションだが、その趣旨は職人同士の情報交換《こうかん》にある。そこに最前線の素材を手に入れやすい『キャメロット』のメンバーを招き入れれば、研究の発展を見込めるのだ。無論、情報面でのリスクはあるが、それを踏まえても協力し合う価値はあるとエレノアは判断していた。

「では、まずはそれで。一ヶ月ほど運用して、細部を詰めていきましょう」

「それがいいでしょうね。ありがとう、アルトリウス」

「いえ、こちらこそ。今後もいい関係を築いていきたいですね」

互いに握手《あくしゅ》を交わし――しかし、エレノアはその言葉に対して半眼を向けていた。

そんな視線を受けながらも、いつも通りの態度を崩《くず》さぬアルトリウスに、エレノアは僅《わず》かに吐息《といき》を零《こぼ》しながら声を上げる。

「貴方ね、隠《かく》し事《ごと》をしながらこんな話を持ち掛《か》けてきたくせに、よく言うわね」

「おや、そういう割には話を受けてくれたんですね」

「メリットがあるのは事実だし……あれだけのことをやらかした以上、クオンの後《うし》ろ盾《だて》は必要でしょう？　彼との繋がりを考えたら、受けておいた方が便利だもの」

「成《な》る程《ほど》、仲間想《おも》いなんですね、エレノアさん」

アルトリウスの言葉に対し、エレノアは内心を隠しながら視線を返す。

盛大に顔を顰《しか》めたい所ではあったが、ただでさえ見透《みす》かされている感覚を受けるアルトリウスに対し、これ以上の弱みは見せたくなかったのだ。

「それにしても、隠し事をしていることは否定しないのね」

「今更《いまさら》否定しても無駄《むだ》でしょう、貴方はもう確信を得ているはずだ」

「……そういう所よ、アルトリウス」

呻《うめ》くようなエレノアの声に、アルトリウスは苦笑を零す。

彼自身、信用を得づらい立場であることは自覚していた。エレノアたちに――否、クランメンバーの大多数に対してすら、隠し事をしているのは紛《まぎ》れもない事実なのだから。

「そもそも今回の話にしても不自然よね。生産活動がメインであるウチとの提携《ていけい》はまだしも、最前線を競《きそ》い合う立場であるクオンを支援するのは理屈《りくつ》が通らないわ」

「それについては説明したはずですが？」

「クオンの行き先を把握して、そこ以外を攻めるって？　それも理解できなくはないけれど……貴方が本気なら、クオンと競争することだって不可能じゃない筈よ。わざわざ競合を避《さ》ける理由がない」

確かに、クオンの実力は特別を通り越《こ》して例外的なものだ。彼はその突出した戦闘能力で、自覚無しに最前線を荒《あ》らしまわることになるだろう。

だが、アルトリウスはそれに対抗《たいこう》し得る運営能力と組織力を有している。その気になれば、クオンを出し抜《ぬ》くことも不可能ではない筈なのだ。だというのに、彼はクオンへ支援を申し出た。それはつまり――

「……つまり貴方、クオンに活躍《かつやく》して貰いたいのよね。彼が最前線を走ることが、貴方にとって都合がいいのでしょう」

「それを理解していて、僕《ぼく》に合わせてくれたんですか？」

「クオンが最前線にいるのは、『エレノア商会』にとっては大きなメリットよ。彼も緋真《ひさな》さんも、ウチとしか取引をしていないわけだし……更に成長武器のおかげで、ほぼウチが専属スタッフのような状態になったわけだしね。けれど——貴方がクオンの背中を押《お》す、その理由が分からないわ」

そう告げて、エレノアはアルトリウスの瞳《ひとみ》を真《ま》っ直《す》ぐと見つめる。

虚言《きょげん》は許さないと——その瞳の奥《おく》にある真意を探るように。そんな彼女の視線に、アルトリウスはどこか観念したように苦笑を零していた。

「そうですね、否定はしません。僕は、クオンさんに最前線を走って貰いたいと思っています」

「……それは、何故《なぜ》？」

「今はまだ、話せません。ですが……僕が貴方たちの敵になることはない、それだけは保証します」

エレノアの視線に対し、アルトリウスは真っ直ぐと見つめ返しながらそう返答する。

しばし、二人は無言で睨み合い――そして、同時に相好を崩した。軽く嘆息《たんそく》を零し、エレノアはアルトリウスへと告げる。

「……分かったわ。とりあえず、今はそれでいい、貴方の秘密主義は、今に始まった話でもないしね」

「ご理解、感謝します」

「いけしゃあしゃあと……クオンもかなり無茶苦茶《むちゃくちゃ》な存在だけど、謎《なぞ》という点については貴方も似たようなものよ」

「はははは、それも否定できませんね」

再び爽《さわ》やかな笑《え》みを浮《う》かべるアルトリウスに、エレノアは半眼を向ける。しかし、今以上の話を引き出すことは無理であると判断し、それ以上の追及《ついきゅう》は打ち切った。

とは言え、気になることもまた事実。アルトリウスは、周囲の反応からも、元々立場のある人間である可能性が高い。しかし、そんな人間が何故、長時間にわたってログインし続けることが可能なのか。

――エレノアも人のことは言えないが、彼女自身にも事情はある。だからこそ、余計に警戒《けいかい》しているのだ。

「はぁ……まあいいわ。今更協力の話を無かったことにするつもりもないし。お互い、上手いこと手を回すとしましょうか」

「ええ、よろしくお願いします。では、今日はここで失礼を」

そう告げて、アルトリウスは席を立つ。そのまま、入り口の辺りで控えていたディーンを伴《ともな》って外へと向かい――扉《とびら》の傍《そば》で、彼は肩越《かたご》しに振り返り、エレノアへと声を掛けた。

「いずれ、貴方とクオンさんにはお話ししましょう」

「……本気？」

「ええ、しばし時間はかかりますが、いずれは。それまでは、少しお待ちくださいね」

そこまで告げて、アルトリウスは支店を後にする。彼の背中を見送りつつ、エレノアは深く溜《た》め息《いき》を零していた。

「……もしかしたら本当に、裏があるってことなのかしらね。それなら、お父様のあの指示は――」

そこから先の言葉を飲み込み、エレノアはゆっくりと席を立つ。しばし瞑目《めいもく》してから顔を上げたその表情は――いつも通りの、敏腕《びんわん》商会長のものへと戻っていた。

＊＊＊＊＊

『《強化魔法《まほう》》のスキルレベルが上昇《じょうしょう》しました』

『《MP自動回復》のスキルレベルが上昇しました』

『《魔力操作《まりょくそうさ》》のスキルレベルが上昇しました』

「ふむ……《生命力操作》ほど使ってる実感はないな」

「そうなんですか？　魔法優先ビルドの人は結構違いを実感できるらしいですけど、《魔力操作》」

「正直、よく分からんな。まあ、少し効率化しているのは事実のようだが」

北への道を進みながら、俺たちは新しく取得したスキルのテストを行っていた。

俺が覚えたものは《魔力操作》と《魔技共演》、ついでに《刀術》である。尤《もっと》も、《刀術》については単純に武器の威力《いりょく》が向上した程度のようであるし、あまり差は感じ取れないが。

「それより、お前の方はどうなんだ？　金のスキルオーブで新しいスキルを覚えたんだろ？」

「ああ、はい。《術理装填《そうてん》》っていうスキルですね。簡単に言うと、武器に魔法を込められるスキルです」

「それがさっきの刀が燃えてたやつか。普段《ふだん》使ってる魔導戦技《マギカ・テクニカ》と何か違うのか？」

「そりゃ勿論、全然違いますよ」

確かに、魔導戦技を使う時のように、体が勝手に動いている様子はなかった。つまり、あれと同じような効果を得ながら、自分の意志で動けるということなのだろう。それは確かに中々便利そうだが――俺の魔法は《強化魔法》だし、取得しても意味はないか。

「《術理装填》を使ってから魔法を発動すると、その魔法が武器に宿るんです。で、その魔法に応じてそれぞれ違う効果が発動します。【ファイアボール】だと、振ったら火の玉が飛んでいくとか」

「成る程……色々と応用ができそうですね、緋真姉様」

「その通り！　しかもこれ、魔法の威力が上がれば攻撃《こうげき》の威力も上がるから、《スペルチャージ》とかも乗せられるし」

「ほほう……そりゃ確かに、色々と使えそうだな」

「ですよね。まあ、燃費はあまり良くないんですけど」

緋真の言うように、《術理装填》を使った後は、あまり長時間は効果が持続していないようであった。元が単発の魔法であると思えば仕方ないのかもしれないが、ＭＰの消費は少々厳しいかもしれない。

とは言え、これは後半になればなるほど手札が増えてくる類のスキルだろう。性能をしっかりと把握できれば、大きな力となるかもしれない。

「それで、先生の方はどうなんですか？」

「《魔技共演》か？　それなら――」

既に何度か試してはいるのだが、やはり口で説明するよりは実演した方が早いだろう。

そう考えて周囲を見渡《みわた》せば、大分離《はな》れたところにオークが二匹歩いている姿を発見した。

向こうはまだこちらに気付いていない様子だが、軽く手を出せば向こうから寄ってくるだろう。

「緋真、アイツらで実演するぞ。ルミナは……あの『神威《かむい》の刻印』とやらを試してみるか」

「これですか……一日一回しか使えないそうですが」

「知りもしないものは使えんからな。とりあえずは性能の把握が優先だ」

今は篭手《こて》で隠れているが、ルミナの右手の甲《こう》には、翼《つばさ》を模《かたど》った紋章《もんしょう》が金色の輝《かがや》きを放っていた。『神威の刻印』を装備させた途端《とたん》に浮かび上がってきたもので、これが光っている状況《じょうきょう》ならば使えるということなのかもしれない。

とは言え、一日一回の使用制限がある以上、安易に使うこともできない。どうやって試すかを考えている内に、緋真は軽く魔法を放ってオーク二匹を挑発していた。

「先生、来ましたよ」

「よし、それならば――『生奪』」

ショートカットワードとやらに設定したキーワードで、《生命の剣》と《収奪《しゅうだつ》の剣》を同時に発動する。その瞬間《しゅんかん》、手にある餓狼丸《がろうまる》は金と黒が螺旋状《らせんじょう》に絡《から》まったオーラを纏った。

巨体《きょたい》を揺らすオークは、でかい棍棒《こんぼう》を振りかざしながらこちらへと突撃《とつげき》し――俺はそれを回避《かいひ》しながら、オークの胴《どう》へ一閃《いっせん》を放つ。オーラを纏う太刀《たち》は脇腹《わきばら》から深く斬り裂《さ》き、内臓を両断し――その命を一撃《いちげき》の下に葬《ほうむ》り去る。そしてその瞬間、まるで血を吸収するかのように、俺のＨＰが回復していた。

「刀の違いもあるが……やはり、普通に《生命の剣》を使うよりは威力が落ちるな。だが、普通に《収奪の剣》を使った時よりは威力は高いし、ダメージが上がった分、吸収量が落ちても何とかなっているようだな」

「単発攻撃系を持ってる人なら、色々と組み合わせで遊べそうなスキルですね。まあ、プラチナ限定みたいですけど」

「だな。成長して威力減衰《いりょくげんすい》が抑《おさ》えられればかなり有効になりそうだ……よしルミナ、後は刻印を試してみろ」

「はい、了解《りょうかい》です！」

俺《おれ》の言葉に頷《うなず》き、ルミナはもう一体のオークの前へと躍《おど》り出る。魔法なのだから別に近づく必要はないのでは、と思ったが、どうやらいつもの刀に光を纏わせる魔法を使いたいようだ。

「光よ――っ⁉」

刹那《せつな》、ルミナの右手が眩《まばゆ》い金の光を放つ。それと共に、ルミナの刀は目を開けていられないほどに強い輝きを纏っていた。

《魔力操作》を取得したためだろうか、この魔法にとんでもない量の魔力が込められていることが理解できる。まるで爆発《ばくはつ》寸前の爆弾《ばくだん》を見ているかのようなイメージに、俺は思わず頬《ほお》を引き攣《つ》らせながら叫《さけ》んだ。

「振り下ろせ！」

「っ、はい！」

俺の声に反射的に従い、ルミナは眩い光に怯《ひる》んでいたオークへと刀を振り下ろす。その瞬間、膨《ふく》れ上がった光がオークを頭頂から真っ二つに斬り裂き――それだけにとどまらず、その先数十メートルにわたり、地面に深い一直線の亀裂《きれつ》を走らせていた。

『《魔技共演》のスキルレベルが上昇しました』

「……お、おお」

「ええ……」

「こ、これ、私がやったんですか？」

その惨状《さんじょう》を見つめながら、三人揃《そろ》って呆然《ぼうぜん》と呟く。

一撃だけに限定しているとはいえ、一体どれだけ威力が増していたのか。回数制限こそあるものの、これは使い所さえ間違えなければかなり強力な武器になるだろう。

「……とりあえず、使う時は指示するからな」

「は、はい、分かりました」

思わぬ出来事ではあったものの――俺たちは順調に新たな力の確認を行い、聖火の塔《とう》への道を進んでいったのだった。

■アバター名：クオン
■性別：男
■種族：人間族（ヒューマン）
■レベル：30
■ステータス（残りステータスポイント：0）
STR：25
VIT：20
INT：25
MND：20
AGI：14
DEX：14
■スキル
ウェポンスキル：《刀術：Lv.1》
マジックスキル：《強化魔法：Lv.21》
セットスキル：《死点撃《う》ち：Lv.19》
《ＭＰ自動回復：Lv.17》
《収奪の剣：Lv.16》
《識別：Lv.17》
《生命の剣：Lv.19》
《斬魔の剣：Lv.12》
《テイム：Lv.15》
《ＨＰ自動回復：Lv.16》
《生命力操作：Lv.12》
《魔力操作：Lv.2》

《魔技共演：Lv.2》

サブスキル：《採掘《さいくつ》：Lv.8》

称号《しょうごう》スキル：《剣鬼羅刹《けんきらせつ》》

■現在SP：25

■アバター名：緋真《ひさな》

■性別：女

■種族：人間族（ヒューマン）

■レベル：29

■ステータス（残りステータスポイント：0）

STR：26

VIT：18

INT：22

MND：18

AGI：16

DEX：16

■スキル

ウェポンスキル：《刀：Lv.29》

マジックスキル：《火魔法：Lv.25》

セットスキル：《闘気：Lv.18》

《スペルチャージ：Lv.17》
《火属性強化：Lv.17》
《回復適正：Lv.11》
《識別：Lv.16》
《死点撃ち：Lv.19》
《格闘《かくとう》：Lv.18》
《戦闘《せんとう》技能：Lv.17》
《走破：Lv.17》
《術理装填：Lv.2》
サブスキル：《採取：Lv.7》
《採掘：Lv.10》
称号スキル：《緋《あか》の剣姫《けんき》》
■現在SP：34

■モンスター名：ルミナ
■性別：メス
■種族：ヴァルキリー
■レベル：3
■ステータス（残りステータスポイント：0）
STR：26

VIT：19

INT：33

MND：19

AGI：22

DEX：19

■スキル

ウェポンスキル：《刀》

マジックスキル：《光魔法》

スキル：《光属性強化》

《光翼》

《魔法抵抗《まほうていこう》：大》

《物理抵抗《ていこう》：中》

《ＭＰ自動大回復》

《風魔法》

《魔法陣《まほうじん》》

《ブースト》

称号スキル：《精霊王《せいれいおう》の眷属《けんぞく》》

あとがき

ども、Allenです。暑くなってきたのでまだしばらくはテレワークを続けたい今日この頃、いかがお過ごしでしょうか。

マギカ・テクニカ第四巻を手に取って頂き、そしてここまで読んでいただき、まことにありがとうございます。先にあとがきから読んでいるという方がいらっしゃいましたら、是非本編もお楽しみください。

第四巻は、待ちに待った大規模イベントの回でした。個人的にも非常に楽しんで書くことができた話になります。この回における戦闘は作者としても満足のできる内容で、是非書籍になった姿を見てみたいと熱望していました。

今回書き下ろしにてゲスト参戦したアリシェラについては、本編での登場はしばらく先になります。しかし、初の名前出しがこの回であったことから、是非書き下ろしを加えたいと考えていたキャラクターでした。それに伴ってひたき先生に描いて頂いたキャラクターデザインは、まさに私の頭の中にあったアリスの姿そのものでした。今回も素晴らしいイラストの数々を描いて頂き、本当に感謝の念が尽きません。

また、コミカライズ企画が現在進行中です。まだ詳しい内容についてはお知らせできませんが、企画は着々と進行しております。私が見せて頂いた範囲だけでも見事なアクションシーンが並んでおりますので、ぜひお楽しみにお待ちください。

それでは、またお会いできることを楽しみにしております。

ではでは。

Allen

Ｗｅｂ版：https://ncode.syosetu.com/n4559ff/
Twitter：https://twitter.com/AllenSeaze

HJ NOVELS
HJN48-04

マギカテクニカ
～現代最強剣士が征くVRMMO戦刀録～ 4

2021年7月19日　初版発行

著者――Allen

発行者―松下大介

発行所―株式会社ホビージャパン

〒151-0053
東京都渋谷区代々木2-15-8
電話　03(5304)7604（編集）
　　　03(5304)9112（営業）

印刷所――大日本印刷株式会社

装丁――AFTERGLOW／株式会社エストール

Printed in Japan

ISBN978-4-7986-2549-2　C0076